纸嫁衣

婆婆果 著

作家出版社

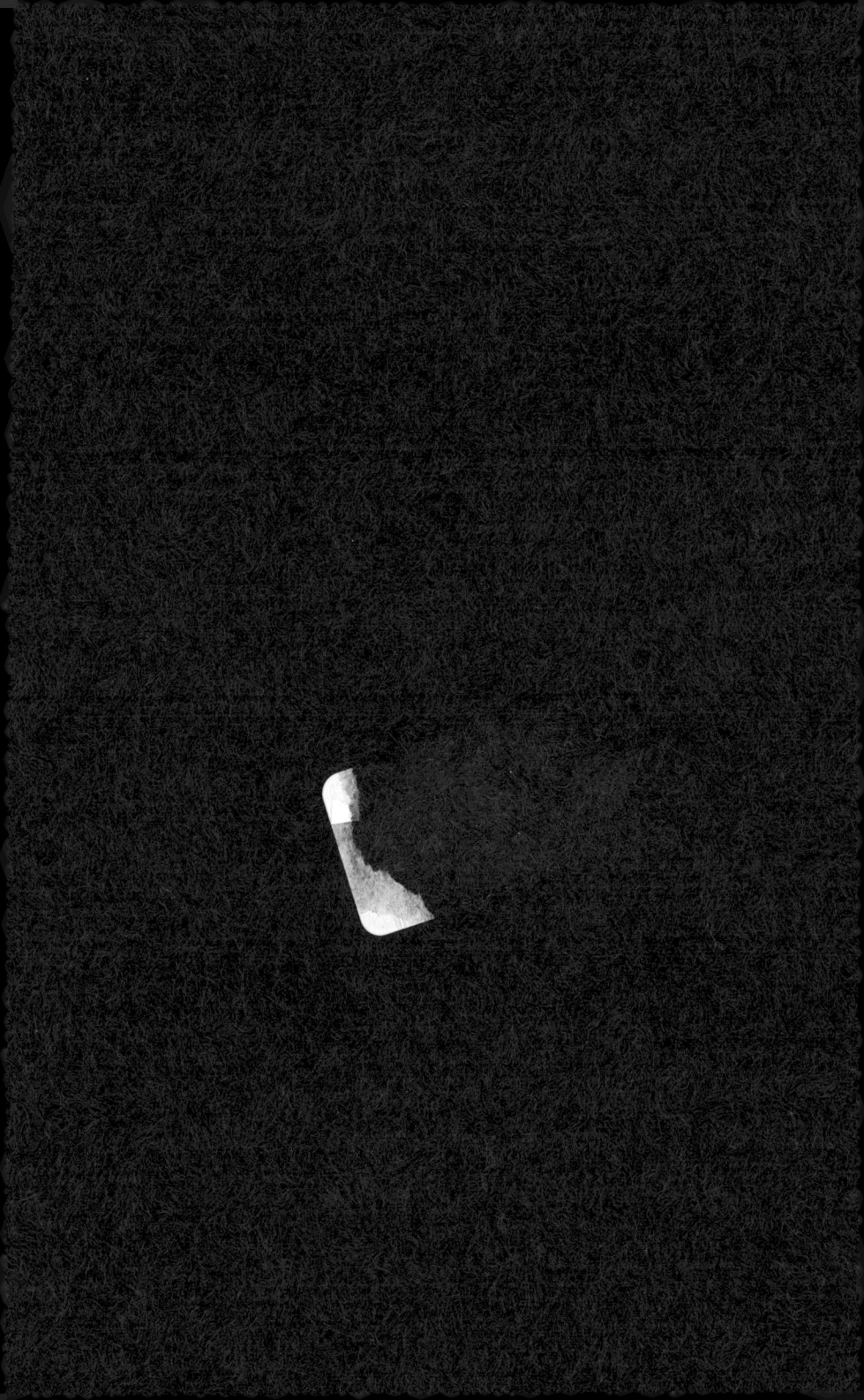

目录 CONTENTS

人物小传　1

引子　1

第一章·拜堂　5

第二章·问名　28

第三章·送客　56

第四章·相逢　81

第五章·回门　102

第六章·真相　127

第七章·闹喜　153

第八章·沉睡　178

第九章·重逢　203

尾声　230

灰色太阳　233

莫琪日记　259

奘铃村轶闻　274

人物小传

宁子服：英俊潇洒，胆大心细，坚定不移的新时代唯物主义好青年。原本极力反对父母安排的"指腹为婚"，却在见到聂莫琪后对她一见钟情。二人相恋多年，终于修成正果，准备回老家举行婚礼，聂莫琪却突然失踪。在经历婚礼上的一系列离奇事件后，宁子服毅然踏上寻妻、救妻之旅。

聂莫琪：温柔善良，明艳活泼。出生在羑铃村，因不喜当地的一些习俗，在外出上学后就很少回去了。与宁子服一见钟情，终于携手踏入婚姻的殿堂。婚礼前夕，她遇到许多稀奇古怪的事，似乎有很多谜团需要他们两个一起破解。那个和她生得一模一样的女人是谁？父母离世前为何欲言又止？老家羑铃村究竟埋藏着怎样的秘密？

聂莫黎：冷漠凉薄，沉稳持重。聂莫琪的双胞胎姐姐，原该与妹妹一同开心快乐地在羑铃村长大，却因老家一些奇怪的风俗被遗弃在城隍庙里。接生婆婆看她可怜，便将她接回去抚养成人。长大后的聂莫黎得知自己的身世，便欲寻自己的父母以及无忧无虑长大的妹妹……

引　子

聂莫琪在镜子里看到一个长得和自己一模一样的女人。

起初她以为，那是她自己。

可无论她摆出怎样滑稽的动作，镜子里的人都是纹丝不动的。

聂莫琪察觉到怪异，壮着胆子用手指轻轻碰了碰镜面。谁料头顶的白炽灯突然暗了下去，整个洗手间内只有镜子兀自还在发着光。

可这镜子原该是没有灯的。

而且，谁家正经镜子会冒绿光？

聂莫琪转身想跑，无奈脚底像是生出吸盘一般，死死粘着抓住了地面。

镜中女子缓缓伸出手来，温柔似水搭上了聂莫琪的肩。聂莫琪僵着脖子扭过头，便见一张与自己生得一模一样的脸透着凉气儿贴过来。她们鼻尖碰着鼻尖，睫毛挨着睫毛……聂莫琪被吓得双腿发软，只余一双手勉强还能挣扎扑腾。

"莫琪？莫琪……"

有人在唤她的名字。

是谁？

是这个和自己长得一模一样的女人吗？

不，这好像是个男人的声音，是她很熟悉的男人的声音。

"宁子服！"

她大声喊着未婚夫的名字，在得到"我在呢"的肯定回复后，终于安下心来。

聂莫琪终于睁开了眼。

床头的小夜灯发出温和的光，晃得周遭墙壁泛起淡淡暖意。她伸手去抓宁子服的手，继继续续说了好半晌，可是能讲出口的似乎都只是梦，完全没有刚刚那种身临其境的可怖与恐慌。聂莫琪拉着宁子服下了床，连鞋都没穿就直奔洗手间。

门是开的，灯光也不再是时明时暗。她试探着用牙刷柄去敲墙面上的化妆镜，却只听到"咚咚"的声响，完全不像会有女人从里面凉飕飕钻出来的模样。

刚刚她经历的一切似乎真的只是一场梦。

宁子服走过来，把自己的脑袋凑到镜子前，左左右右晃了晃，恨不能三百六十度照上一圈。

"就是一面普通的镜子。"宁子服依旧牵着聂莫琪的手，笑着哄道,"你肯定是做噩梦了,如果还是害怕,咱们明天就找人来把它给换了。"

聂莫琪原地僵了好半晌,只觉胸腔里那颗兀自扑通跳动着的心脏悬在一个上不去、下不来的位置,慌得她头皮发痒。

她握着宁子服的手紧了紧,叹了口气道:"还是换一下吧……不要这种会冒绿光的。"

"行。"宁子服很是认真地回应,"咱们换那种冒七彩光的,每次一照镜子,就跟要变身似的。"

聂莫琪笑出声:"不如把灯泡也换成七彩的,以后进洗手间还能顺便蹦个迪。"

宁子服觉得这是一个好主意,并决定纳入装修计划。

经过这么一闹,聂莫琪的情绪倒是平稳了不少。

她想要抱一抱三更半夜被自己折腾醒了的宁子服,可一抬头却见宁子服的脸颊肿起来老高,脖颈处还有几道抓痕。聂莫琪的心再一次提到嗓子眼:"你的脸怎么了?被谁给打伤了?"

宁子服很是平静:"你。"

"哦……啥?"聂莫琪吃惊得瞪圆了眼睛,"我打的?我什么时候打的?我怎么不记得……"

可是,聂莫琪越说越心虚,因为她隐约记得,自己在梦里是动过手的。聂莫琪实在想不明白,自己不过随便抓拉了

3

两下子,这平时连瓶盖都拧不开的手怎么突然就有了这么大的力气?

她伸手,摸了摸宁子服的脸,憋着笑问:"疼吗?"

"不疼。"宁子服伸手去戳聂莫琪的脑袋,咬牙道,"想笑可以大方地笑,你也不怕憋坏了自己。"

聂莫琪抓着宁子服的手肘,笑得前仰后合。

第一章　拜堂

一

农历七月十六日，午时二刻，宜嫁娶。

良日良缘良偶，佳男佳女佳缘。亲朋好友齐聚门外，称赞新郎新娘珠联璧合，是金玉良缘。

其实大家原也不熟，村子里的人不过是瞧见喜事便想来凑凑热闹。

宁子服原还觉得有些吵闹，现下倒是盼着能有人手拉着手环着他唱上一曲《丢手绢》才好。他不是想在婚礼上找回失去的童心，他只是希望借助人民群众的力量将自己被吓破了的胆儿给修补好。

聂莫琪，他的新娘，在与自己拜堂之时消失不见了。

与之一并消失不见的，还有上座高堂、满座宾客，以及……手机的信号。

宁子服用力掐了一把自己的手,很疼。他知道,此景即是现实,并非刚刚他所遭遇的、怎样都清醒不过来的梦。

说起来,这些天,他和莫琪都遇到不少怪事。

比如莫琪说她经常梦见一个与自己长得几乎一模一样的女人,日日夜夜、不分场合地跟着她。再比如,自己刚刚好像见到莫琪说的那个女人了。

她与莫琪生得太像了,若不是那身白衣在红彤彤的喜堂里显得格外扎眼,宁子服几乎以为她就是他的新娘。

他记得,他们从前见过,在他的梦境之中……

宁子服抠着手掌心,逼迫自己不去想那些乱七八糟的东西。他朝前迈了一步,却见那女子微微一笑,倏地消失不见了。

宁子服再顾不得害怕,当即追了上去。

"手……镯……"

消失于后堂的白衣新娘仅仅留下这两个字,便彻底不见了踪迹。完全摸不着头脑的宁二和尚只得了"手镯"这线索,不管有用没有,都得暂且当作有用并顺藤摸瓜了。

手镯?她说的应该是他与莫琪之间的定情信物,如今正放在礼堂桌子上的盒子里。那是宁子服母亲留给他的遗物,是让他在结婚时送给新娘当信物的。母亲说,这镯子能除邪去害,远离晦气。

迎亲的轿子还端端正正摆在后院,缠绕的红绸似年月过长结在上面的蛛网一般。

眼前发生的一切是现实也好，是梦境也罢，宁子服只想先找到聂莫琪，现在她孤身一人，一定很害怕吧。

宁子服与聂莫琪的婚约来自两家父母曾经一句"指腹为婚"的玩笑话。

宁、聂两家是世交，关系一直很好。虽后来因诸多原因分住两地，但也始终没有断了联系。

二十五年前，两家的女主人在前后差不多的时间怀了孕，一起去医院做检查时就指着彼此的肚子许下了以后可结为亲家的诺言。起初，只是个随口的玩笑话。等两个孩子先后出生，又恰好一男一女时，这玩笑话也就被当了真。她们倒也没打算按着孩子们的脑袋逼着他们必须结婚，可成年后好歹可以见一见，若有困难，可互相帮衬。

宁子服很小的时候就随着父母进了城，自记事起，他脑子里就没什么有关老家和这段"婚约"的记忆。虽然听父母时常念叨，可他却从未将此事往心里揣过。

"这都什么年代了，哪儿还有人会相信指腹为婚的玩笑话呢？"

每每听爸妈提起此事，宁子服都会随意敷衍应付过去。直到五年前，母亲病重。她被疾病折磨得时而糊涂时而清醒，倒还不忘这桩"指腹为婚"的亲事。

"有时间记得回老家看看，顺便也去一趟奘铃村，去看看莫琪，去替我看看你许阿姨。至于你们两个的缘分，全看天意就是了……"

许是那落叶归根的情怀，病榻上的母亲格外思念自己的生长之地。

宁子服答应后不久，母亲便去了。他原想着处理完母亲的后事就回村子看看，谁料父亲因伤心过度在开车时走神，连人带车扎进了湖里，等捞上来时，早已不必再往医院送了。

先丧母再丧父，还要处理事事不顺的工作问题。宁子服身心俱疲，恨不能找个道观奉献终身，无奈被道长拒之门外，理由是他尚有尘缘未曾了却。

这"尘缘"二字让宁子服想起父母念念不忘的那段指腹为婚，他决定递交辞呈，去奘铃村看看。宁子服不信有什么天注定的缘分，他只是想要完成爸妈的遗愿，顺便回去散散心。

那地方很偏，但景色极美。恰逢春日，草长莺飞。吸上一口山间空气，即便诸事不顺，竟也觉得生机盎然。村前拦着一道小溪，水流清澈，却也没有因至清而无鱼。几条黑黪黪的小鱼苗在卵石间穿梭，鱼鳞光亮，尾鳍滑腻。

宁子服蹲在木桥上往下看，波光粼粼，映出一位姑娘的脸。

他回头，发现有个女孩站在自己身后，正顺着他刚刚的视线往桥底下看。

她二十岁左右，手边拖了一个巨大的行李箱。黑缎子似的头发又长又直，宁子服忍不住伸手摸了摸自己那头因一路奔波空气干燥等诸多原因而微微爹起来的小短毛。

"你不是村子里的人？"女生先开了口，"我以前好像没见过你。"

宁子服站起来，在身后搓搓手，然后勉强将乱糟糟的头发扒拉成服帖的模样："我是来找人的……"

"来找人？"她的表情似有不解，"这里好像已经很久没有外人来过了。"

"我爸妈临终前让我来的。"宁子服有些前言不搭后语。

"叔叔阿姨原来是荚铃村的人？临终前让你回来修桥铺路，建设乡村？"

"倒也没有那么伟大。"宁子服干巴巴笑道，"他们不是荚铃村的，只是让我过来相亲的……其实也不算相亲，只是长辈之间开玩笑一样的指腹为婚。"

他火急火燎解释了好长一大段，主要是为了表达自己还是名副其实的单身。

从前的宁子服是不相信一见钟情的，现在他突然明白，

9

哪有什么绝对的不相信,不过是还没有遇见正确的人。

女孩儿没再搭话,转身拖着行李箱慢悠悠往村子里面挪,宁子服忙拎着东西跟了上去。

他想看她,又不好意思一直盯着看,便下意识地低下头去,看她用鞋尖踢走一粒又一粒的小石子。她停下,左右看了看,应是许久没回来,所以不知道该走哪条路才对。

行李箱的轮子滚过乡间土路,发出颠簸吵嚷的声响。女孩儿回头,看向走得慢吞吞的宁子服:"你来找谁的?荑铃村不大,你要找的人说不定我还认识呢。"

宁子服不知妈妈的老同学叫什么名字,只得报出自己"未婚妻"的大名:"她叫聂莫琪,但是听说已经离开这里很久没有回来过了。你知道她家的位置吗?我就是想代表我爸妈来看看他们。"

女孩儿将鬓角的长发拢到耳后,歪头笑问:"你不觉得指腹为婚这种事很扯吗?"

"嗯,很扯。"

少女笑道:"我就是聂莫琪。"

宁子服感觉有人在自己的脑袋里放了个二踢脚,砰的一声,炸得他暂时失去了表情管理的功能。

几乎只是一瞬间,他便转变了自己对指腹为婚这种老古董行为的态度:"指腹为婚这种事一定是长辈们经过深思熟虑做出的决定，我一向孝顺，很听妈妈的话。"

这话题转变，极为生硬。无需聂莫琪回复，宁子服自己就察觉到此举过于油滑与轻浮。他需要改变自己在聂小姐心里的印象，他需要快速转移话题。于是，他微微往前伸了伸手，干巴巴道："需要我帮你拿行李箱吗？"

"不用了。"聂莫琪盯着宁子服的手，笑了笑，"你自己不也拿了很多东西吗？"

宁子服这才想起自己手里还拎了两只硕大的袋子，里面装满各种适合中老年人的补品。

他说："这是给叔叔阿姨的……"

"那你自己拿给他们吧。"聂莫琪拖着行李箱继续走在前面，"你不是要去我家吗？跟我走吧。"

二

那一次，宁子服在奘铃村住了三日。

聂家父母对他热情至极，只可怜院子里的鸡鸭鹅羊，通通遭了殃。清蒸红烧，爆炒烧烤，火炉铁锅炖出来的味道，似乎真的比燃气灶煲出来的要好吃不少。感谢聂叔叔烧好的炉灶，感谢婶婶超凡脱俗的厨艺，感谢鸡鸭鹅羊献出的生命。宁子服怀揣感恩之心，每顿都能含泪吃上三大碗。

当然，就算饭菜再好吃，也比不过聂莫琪那银铃般的笑。

宁子服每每偷瞄她时似乎都会撞上她的视线，大多，都是他先红了脸。

聂莫琪用筷子尾端轻轻敲了敲盘子边缘，然后用讲秘密的语气小声对他说道："这孩子叫小黄，在我很小的时候，我们就是好朋友了。"

宁子服整个人的动作都顿住了，好似有人在他的心上狠狠踹了一脚。

"骗你的。"聂莫琪单手撑着下巴，笑得像只狐狸，"你真的信了？"

宁子服僵着脖子点了点头。

"我随口说的，别当真，快吃饭吧。"她笑着说完，还不忘夹起一块鸡翅放进宁子服碗里。

宁子服接过，正幸福得感觉心肝脾肺都似蜜里调油一般时，聂莫琪突然又叹了口气，伤感道："其实它不叫小黄，而是叫小黑。"

宁子服感觉自己咬在嘴里的鸡翅吐出来不对，咽下去更不对。

最后，还是聂莫琪的母亲出来替他解了围。

"莫琪这孩子从小就调皮捣蛋，喜欢恶作剧，子服你别介意。"说完，她还笑眯眯补充道，"她小时候就这样，喜欢谁，就去捉弄谁。"

这次终于轮到聂莫琪脸红了："我就是随口一说，谁能想到你会当真？看我做什么？吃饭，快吃饭，小黑都为你死了，可别辜负了它。"

那天，宁子服的表情管理功能是一直失调的。

后来，成功抱得美人归的宁先生回忆起爱情滋生最为迅速的那三天时，是这样总结的："我第一次去奘铃村时，完全没意识到那里除了气氛阴森外，街坊邻里也都很是奇怪。莫琪实在过于可爱了，我的注意力很难不放在她身上。再说了，我一个马上就要脱单的人眼里当然只有爱情，谁会关注别的啊？"

聂莫琪是不怎么喜欢奘铃村的，要不是父母不肯随她一起搬去城里，她应该永远都不会踏足此地。三天后，她蹭了宁子服的车，随他一起返回城里。

二人交换了彼此的联系方式，每日闲暇时都要在微信上聊好一阵子。从娱乐八卦到篮球游戏，恋爱脑上头的年轻人似乎拥有永远都聊不完的共同话题。

一见钟情的激情渐渐退却，取而代之的是日久生情的相识相知。

三个月后，宁子服抱着一大捧玫瑰出现在聂莫琪出租屋的楼下。他挑了个没人的时间，偷偷将玫瑰花递给她，然后小声问道:"聂小姐,你愿意和我交往吗?"

聂莫琪接过花,忍不住笑着问道:"人家准备的惊喜表白都是在大庭广众之下,你怎么偷偷摸摸跟做贼似的?怕我拒绝你会伤了你的面子?"

"不……我是怕人太多,你即便不喜欢我也会不好意思拒绝我。"宁子服脸颊微红,"如果你觉得这样不够正式,我可以另择良辰吉日!"

聂莫琪微微一怔,像是没想到宁子服会这样说。她将那捧玫瑰抱得紧紧的,而后笑道:"另择良辰吉日也太麻烦了,不如直接请我吃冰淇淋。"

宁子服试探性问道:"那我现在……是不是已经成功脱单了?"

聂莫琪嗅了嗅怀里玫瑰花的味道,花瓣不香,全靠颜值取胜。

她抬头,认真回应了他:"我刚刚也成功脱单了,我男朋友叫宁子服。是不是很巧?和你是一个名字。"

三

聂莫琪父母希望聂莫琪以后结婚时可以回老家操办,然而两位老人没有等到这一天,竟因一场意外事故去世了。现在父母不在了，不能亲眼看到莫琪出嫁，可她还是想着要完成父母的遗愿。

镇上有一个酒店，专做中式婚礼的。希望一切从简的聂莫琪便将婚礼流程全权托付给了酒店的老板娘："像那种把父母遗照抬上来的煽情环节，或者是找来一堆假新娘让新郎把真新娘找出来的伤感情环节……"

"你喜欢这种？"

"绝对不要有这种环节！"聂莫琪一字一顿说得很是认真，"只要没有这些，其他流程你随意安排，我们两个都没什么亲人了，一切从简便好。"

择了婚宴地点，再选良辰吉日。

新娘按照习俗留宿在村内老宅，等待正日子时新郎官过来接亲。

于是，宁子服光明正大跑去镇上睡酒店了。

只要想到莫琪独自在老宅饱受蚊虫骚扰，自己在酒店里面吹着空调，宁子服就会觉得既愧疚又好笑。

莫琪最近状态不太好，她以前爱笑爱闹，这阵子反而变得很喜欢一个人独处。宁子服时常看到她独自坐在窗前发呆，脸上什么表情都没有。他问她是不是又遇到了奇怪的事，她说没有，只是有些累了。也许是婚前焦虑吧，等婚礼结束后就会好。

虽说日日都见,可此时宁子服独自躺在酒店的床上,却觉对莫琪思念至极。他脑子里都是自己与莫琪的初见……其实他当时都没怎么看清她的脸,只是浅浅看过一眼水中的倒影,他就已经在心里双手合十感谢所谓的"尘缘未了"了。

尘缘……可真是个好东西!

他愿一生荤素搭配,感谢尘缘。

手机铃声响起,是莫琪。

"子服,我想你了……"

莫琪很少这样说话,除非她想恶作剧。

所以宁子服听到"表白"的第一反应不是甜蜜与幸福,而是反问:"你该不会是准备让我明天穿裙子去接亲吧?"

"怎么会呢?"莫琪像是被戳穿了心事,干巴巴笑了两声,"我是真的想你了。"

宁子服正要回答,却听到话筒内传来莫琪的惊呼:"什么人?"

"怎么了?"宁子服的神经也跟着紧绷起来,他整个人直接从床上弹下去,若是再多给他三秒钟,他应该已经冲出酒店赶到奘铃村了。

聂莫琪缓了缓,回应道:"我刚刚看见一道人影从窗前飘了过去,应该是邻居路过吧。子服,我总觉得这里怪怪的……也可能是我最近休息不好，有些神经质了。"

说起来，莫琪近来的精神状态的确一直不怎么好。

起初，只是经常做噩梦。

她说自己总是梦见一个和她长得一模一样的女人缠着她，就像怎么也甩不掉的狗皮膏药。那女人会在各种诡异的场景里以各种姿态出现，比如在镜子里微笑，或是放风筝似的把自己悬在窗子外面。她也没什么主动伤害莫琪的举动，就像自己所做的一切只是不想莫琪生活太过舒坦的恶作剧。

莫琪被吓得神经兮兮，即便喝了助眠药物勉强睡下，也常常被噩梦惊醒。他们去看过心理医生，也看过精神科医生。医生说她可能是受了刺激，这才幻想出那样一个和自己一模一样的女人来。可即便吃了药，接受了心理干预，她的情况也未见好转。莫琪的病情似乎逐渐严重了，即便是在清醒时，她也恍惚能听到那白衣女子在环绕着她发出银铃似的笑。

不得已，她辞了工作，闭门不出。

后来，朋友给他们介绍了一位据说十分有名的精神科医生。看过以后，莫琪逐渐有所好转。虽说也时常觉得有人在跟踪自己，但好在夜里入睡后不再噩梦缠身，情绪也跟着稳定了许多。

医生说，也许是因为父母离世，所以缺乏安全感。宁子服便想着自己也能合法做她的亲人，于是便单膝跪地向她求了婚："我想给你安全感，我想一直陪在你身边，你能给我这个机会吗？"

莫琪自然是热泪盈眶地答应了。

自打她"生病"后，宁子服就跟着陷入了内耗。他觉得是自己做得不够好，才让莫琪得了这样的病。虽然聂莫琪坚定认为自己和宁子服在一起还挺有安全感的，可宁子服觉得医生的话更可信，毕竟莫琪很可能是因为怕他愧疚，才会说些好听的。

莫琪刚刚的样子很像又发了病，有些担忧的宁子服选择用一副轻松的语气暂且安慰："村子里有人来往走动很正常，老房子很久没人住了，你关好门窗，注意安全……"

话还没说完，宁子服竟渐渐生出了睡意。

"莫琪，我……"

再后来他们还说了什么，他便都记不得了。

宁子服睡了，却又好似完全没睡。

似醒非醒似梦非梦间，他恍然听到有人在唱歌。咿咿呀呀的调子，也听不出究竟是什么曲子。渐渐传来唢呐声响，将迎亲曲子吹得直达九霄。他被那声音吸引，一路跟随而去。然后，他见到了莫琪。他的新娘，着红妆，坐红帐，手指卷弄长发,眼神百媚千娇。几乎视线交叠的刹那,宁子服脱口便道:"你不是莫琪,你是谁?"

"我不是莫琪,还能是谁呢?"新娘对着他勾了勾手指,"子服,你今天不是来迎娶我的吗?"

宁子服转身欲走,然后发现有一道门拦住了自己。

他伸手去砸门,在听到砰、砰两声后,他睁开眼,发现自己刚刚是在梦里。

而现实的他,正坐在去迎亲的车上。

宁子服低头看着指尖,喃喃自语:"我什么时候上的车……"

"今天可是你结婚的日子,怎么还打瞌睡啊?"司机握着方向盘,笑着调侃。

宁子服有些不好意思地笑了笑,可他的笑很快就僵到了脸上。因为这司机的声音,与莫琪一模一样。坐在后排的他缓缓抬头,试图通过倒车镜看清司机的面容。好巧不巧,那司机也在看他。透过一面镜子,他们的视线交汇了。

是莫琪在开车——不,确切来讲,是一个长得和莫琪一模一样的女人在开车。她幽幽地笑了,上挑的嘴角像是撕开了她的脸颊。白皙的面容渐渐出现红色的皲裂,像是血管一根接着一根地爆开了。

捂住嘴巴不肯尖叫出声是宁子服最后的倔强,他身子后仰,努力在这狭小的空间内与她保持最远的距离。

他压抑恐惧,询问:"你是谁?"

"我是你的新娘啊。"车停了,兀自微笑的"美少女"将她的脖子往后转了一百八十度,前胸成了后背,后背顺势变为前胸。

宁子服快速推开车门,几乎是以团成球的姿态滚下了车子。

"一拜天地!"

随着一声吆喝,刚刚从球形舒展成人形的宁子服重新弯下腰去,与身边的红衣新娘一并拜天地。

不对啊,他不是还在去迎亲的路上吗?怎么已经到了婚礼现场了?

宁子服不解地侧目,看向新娘。

新娘穿着红色的嫁衣,蒙着大红的盖头。指甲是回村前他陪着她去做的红色美甲,当时美甲师还很不解,为何婚礼指甲要做成红色的。

"毕竟我们办的是中式婚礼嘛。"聂莫琪晃了晃她那双刚做完养护的手,笑眯眯道,"中式婚礼,当然要配红色的指甲了。"

宁子服伸手去握新娘的手,温热的,柔软的,这是莫琪的手吗?

他不知刚刚所经历的一切究竟是真实还是梦境,可眼下,他就要与莫琪拜堂成亲了。

"二拜高堂!"

宁子服乖乖听话,和莫琪一起向坐在正位的聂家双亲深鞠一躬。

一切看似没有问题,却又好像全是问题,比如说……他明明记得莫琪的双亲去年已经过世了。

他再次抬眸,主位之上哪里还有人影?分明只有两张黑白遗像!

"夫妻对拜!"

他的身子不自觉转向新娘,然后与之对拜礼成。

周遭传来一阵乱糟糟的笑声,老人的、女人的、男人的、孩子的,乱哄哄杂糅在一处。很快,笑声散去,随之一并消失的,还有莫琪。

站在宁子服面前的,变成了那个白衣女子。

她用与聂莫琪生得一模一样的脸站在他面前,只是身上的红衣变成了白色。

不只是新娘,整个礼堂也似随岁月流逝风化了一般,齐齐掉成了黑白两色。除开大片灰扑扑的尘土与角落里结起的蛛网外,只有房梁上的红绸与他身上的喜服还是有些色彩的。墙上对联的吉祥话倒是未变,"天作之合结良缘,永结同心成佳偶",中间那大大的"囍"字与"百年好合"看起来无一不是阴飕飕的。

这哪里是新婚礼堂,葬礼都比这儿看起来喜庆!

"礼成!"

新娘都丢了,这礼怎么成?

宁子服没好气地看向司仪,可那里站着的分明就是个纸人!黑褂子,红马甲,一柄折扇手中拿。他在笑,顶可怕的一张脸竟当真笑出了几分慈祥之意,就好像当真在祝福这对新人百年好合。宁子服只恍了这一瞬的神,再抬眼时,那白衣新娘竟也跟着消失不见了。

他忙追出去,谁料却被突然出现的一个小孩子挡住了去路。

好巧不巧,这孩子,也是纸做的。

咦,为什么要说也呢?

宁子服想把这孩子搬走,可明明只是个纸扎的孩童,却好似有千斤重。他撸胳膊挽袖子,使出了吃奶的力气。"小朋友"泰然自若,岿然不动。

宁子服累得好像刚刚爬了十层楼,不能力敌,只能智取。

于是,他抱着试一试的心态,准备和这纸娃娃进行谈判:"你要如何才能离开?"

小孩纸糊的脸上嘿嘿一笑,然后伸出一双粗制滥造的手来。

他大概……是在讨要红包?

宁子服摸了摸口袋,身上空空如也。不得已,他只得回到主厅,找找有没有遗落下的现金。

好消息是,他找到了钱,甚至还找到了一个装钱的红包。

坏消息是,那是一堆被撕成碎屑的冥币。

宁子服翻箱倒柜地找到了一瓶糨糊,勉强算是粘出了一张还算完整的纸钱来。

他拿着"红包"去献给堵门的纸糊熊孩子,心怀忐忑,战战兢兢。谁料这孩子验货之后格外高兴,蹦蹦跳跳便离开了。

宁子服心生感动:这孩子可真好忽悠,啊呸,这孩子可真善良!

他正欲往后院继续寻人,谁料突然又蹿出两位纸人来。

这脸熟悉得很……

这不是……莫琪那早就病逝的爸妈吗?

这老两口出来凑什么热闹?是担心失踪的莫琪?还是也要红包?可按传统婚俗规矩,不是应该他们给自己发个红包唤作改口钱吗?

"叔叔阿姨……"很有礼貌的宁子服主动打了招呼。

二老已经仙去,若为执念赶来参加女儿的婚礼势必是想要做些什么的,比如给他发个改口钱?不会是在红包里塞满用糨糊粘好的冥币吧……

想到这一画面,宁子服的眉毛都拧巴了起来。善解人意的他准备主动替二老省去这一步骤,于是,他开口便道:"不对,现在应该叫爸妈了……"

话音未落,纸人已然远去。

这还真是来听他这女婿喊一声爸妈的?

宁子服来不及多想,继续往后院追去。

他看到了"莫琪",一袭白衣的莫琪。

那应该不是莫琪,而是那个与她生得一模一样的女子。宁子服明明知道,却还是控制不住自己的身子,缓缓向她挪了过去。

"不要过去!"

宁子服被喊得回了神。

他回头,看到了真正的莫琪,一袭红衣,应在今日嫁给自己的聂莫琪。

一红一白的两个女人一前一后把宁子服夹在中间,红衣莫琪焦急道:"那个不是我!不要靠近她!"

宁子服回头,却再寻不到白衣莫琪的身影。

他察觉事情不妙,果然见到她出现在莫琪的身后。

"她在你身后!莫琪小心!"

而后,伴随着聂莫琪的尖叫,她被那女人抓走,彻底消失不见了。

他隐约听见她喊:"子服救我!去奘铃村……"

四

奘铃村是莫琪的老家,也是他们初次见面的地方。

宁子服当时揣着"退亲"的心思上门拜访,谁料他们就那样对彼此一见钟情了。

大学毕业后的这些年里,莫琪很少再回村里,倒不是嫌弃村子闭塞落后,而是那里的确有些让人不太舒服的地方。明明从外面看是山清水秀鸟语花香,可只要走进村口,那春日暖阳马上就会变成阴风阵阵。

宁子服至今记得自己第一次来时战战兢兢跟在莫琪身后的模样,她还回过头来和他解释:"奘铃村不太欢迎外人,村民之间也少有来往。你跟着我,说是我的朋友,他们应该不会对你有什么意见的。"

如果不是莫琪失踪时对他喊的话,他也不大愿意主动踏足这里。

凉风吹来,卷起一片落叶滑过他的颈项,宁子服被吓得一个激灵,只觉脊背上的汗毛没有一根是不竖起来的。倒也算不上害怕,他只是觉得空气黏腻,怪让人不自在的。

去年,莫琪父母因病去世,他们回来操办了葬礼。奘铃村的人,从生到死,都自成风俗,别有规矩。具体事宜宁子服已记不大清,唯有当时那阴风阵阵让他记忆犹新。

嗯,和现在一样。

他将车子停在奘铃村村口,下车准备找人打听一番是否见过莫琪或是那与她生有同一张脸的白衣女子。

四下无人,唯村口坐着一位六七十岁的老妪。

她穿着藏蓝色的袍子,围了一块儿橘黄色的围巾。因上了年纪,皮肤看起来略显松弛。老太太的脸颊似乎是凹进去的,想来那满口白牙已经脱落了七七八八。宁子服尚未开口说话,倒是她先开了口:"哈哈哈,这后生还真有意思,在中元节穿着新郎衣服到处跑,怕不是发了疯吧?"

快了……

宁子服觉得自己马上就要疯了!

他低头看了一眼手机,今日果真是农历七月十五。可他明明记得,今天是七月十六。谁会记错自己大婚的日子?怎么可能有人会在中元节举办婚礼?

老太太听到他的小声嘀咕,忍不住笑道:"婚礼?还真是个新郎啊?娶了这村的媳妇?像你这样的外来女婿,在这晦气村子啊,死了后连祖坟都进不了,只能葬后山。"

她那没牙且苍老的声音听起来字字清晰，听得宁子服不寒而栗。

他壮着胆子，摆正态度，轻声问道："婆婆，您不是本村的人吗？我是来找人的，我的未婚妻叫聂莫琪，不知道您认识吗？"

老太太思虑过后，缓缓回应："我是邻村的，有时会给这村人接生。聂莫琪这名字有印象，也是我接生的。后来也没什么来往，不清楚她的事情。"

她上下打量宁子服一番，好言劝道："回去吧，这村子不干净，你看这一村人都出去啦，还找人？我路过这儿，休息一会儿转眼拐杖就找不到了，不然我早走了。"

言罢，她将自己缩了缩，开始闭目养神。宁子服还想再问些什么，她都不再言语了。

宁子服看了一眼她的腿，想着等一下若是寻到了拐杖便替这婆婆拿过来。

他抬头，望向远方。

此地依山而建，山内是村，村外是林。林林总总，形形色色，一望无边。

不远处有个城隍庙，里面还有些许光亮，许是还有人在供奉香火？没头苍蝇似的宁子服准备先学一学飞蛾，先奔向那有光的地方。

第二章　问名

一

　　这里的石阶已经很老旧了，看那拼接处的裂纹，像是经历过好几轮的刀劈斧凿。

　　宁子服踩在石阶上，仰着脖子往里瞧。

　　这庙很小，几乎一眼便能看到各处边边角角。庙内供奉着两排棕黑色的老旧牌位，除了岁月给予的痕迹略有差别外，它们显然同宗同源，是同一位匠人师傅的作品。这原也没什么奇怪，只是那牌位之上用绿色涂料写着的不是逝者名讳，而是"甲乙丙丁"的序号，看起来让人有些摸不着头脑。

　　外间起风了，挤了几缕进来，吹在悬在梁上的红绸带上，发出哗啦啦的声响。

　　风不大，只是这些红绸过于捧场罢了。

　　庙前的两只红灯笼倒还算敬业，始终都在亮着。

香案上供奉的瓜果都还新鲜，香炉里零星插着的六根檀香似乎也才刚刚点燃。

这里，应该是常常有人来打扫祭拜的。

宁子服拿起香案上放着的书，只见上面写道：

每有外族人入后山坟场，需重新排列牌位顺序，告知六葬菩萨。

六葬菩萨？宁子服觉得这个称呼有些耳熟。这是荚铃村人特有的信仰吗？

宁子服将书放回原处，看不懂的东西，倒也没必要继续在上面浪费时间了。他怔怔走下石阶，用力搓了搓自己冰凉的双手。那蓝衣老妪还在村口的石块上坐着，她低垂着头，昏昏欲睡。宁子服没再上前打扰，他绕过她，准备再去村里瞧一瞧。

可没走几步，他便遇见了岔路口。

宁子服隐约记得，这路口的右手边好像是莫琪家老宅的方向。

按照预定的婚礼流程，今日晨起，他是该来这边接亲的。可他对此却是印象模糊，这乱糟糟的一日过去，他仍是分不清自己经历的那些究竟是现实还是梦境。至于左边这条路，莫琪说过，那是通往村内坟场的。

"那个地方埋的都是些从外面搬到村子里的人。奘铃村的原住民不想让这些人在死后被埋进村内祖坟，所以就在后山给他们圈出了一片坟场。"莫琪说这话时，脸色稍显难看，"坟山下还有一处六葬菩萨的庙，小的时候，他们经常带着我去上香。可我不太喜欢那里……"

说完，她凑到宁子服耳边，小声道："我总觉神像在盯着我。"

宁子服有些不能理解聂莫琪的话："神像怎么会看你？"

"我也说不清。"叹气过后，聂莫琪转又笑了起来，"管他呢，可能都是错觉吧。"

如今想来，宁子服竟是在三年前就已经听说过"六葬菩萨"的名讳了。

只是当时莫琪随口一说，他便随意一听，并没有过多了解什么。如今遇到这诸多离奇之事后，宁子服难免有些后悔——若是自己当初好好恶补一番奘铃村的人文历史，也不至搞不清眼前这棋盘是做什么用的了。

等等……棋盘？

宁子服茫然看向四周，这才发现自己竟已走过了左侧的岔路。

就像……有什么东西牵引着他一般。

他来到那片坟山之下。

看不清字迹的坟茔簇拥在一处，纸裁的铜钱铺满地面。惨白的招魂幡上写着看不懂意义的字符，在林间晚风的催促下高高飘起。

村口庙堂内供奉的便是这些人吗？

他回头，看到了六葬菩萨的庙。

这庙，搭建在小溪旁，长长的木头圆柱插进地面，将庙身抬得极高。庙底的石缝间生出脆生生的杂草，它们向远方伸展，就像危难囹圄中释放出来的求救信号。宁子服踩着那木质的台阶拾级而上，脚底吱呀的声响倒是让这寂静山村变得不那么寂寥。

六葬菩萨生有六只手，最前面的两只交叠于小腹前，与盘起的双足落在了一处。其余四只则在身后伸展开来，手掌张开，似能包囊万物。他的脸，未见慈眉善目，不似金刚怒目。他张着嘴，露出獠牙。他瞪着眼，眉心额外生出的第三只眼像是能将人心看穿。

他的神像旁立着一面石碑，其上刻着密密麻麻的小字。字迹稍稍有些模糊了，宁子服眯着眼睛认真看了好半晌，才勉强读得通：

六葬菩萨，静坐于水，四臂各供阴木之物、阴土之物、阳金之物、阳火之物，以五行调和。此时双手捧相关之物，以天目之光震慑，方可消灾解难。

五行学说，阴阳调和……

宁子服大学时选修过中国古代哲学的课程，这些东西虽然听起来有些拗口，其实不过是农民将在耕作时掌握的四时节气系统规划起来，总结出的智慧结晶。

古人认为，世界是由木、火、土、金、水五种最基本物特性条件构成的，自然界的一切运动与变化，都能以五行学说解释说明。

六葬菩萨所处身位为水，四只手臂所处的位置则分属木、土、金、火。左为阴，右为阳，阴阳调和，五行运作。古人会利用阴阳五行的规律创造价值，奘铃村村民现为六葬菩萨塑金身，他们求的是什么？是五谷丰登、风调雨顺？还是生活富足、人丁兴旺？

可这些都是"求"不来的……五行学说不是神论，不过是能为人所用的工具罢了。

上学时，宁子服这门课程的成绩很一般。如今毕业多年，让他临时抱佛脚，更是难上加难。

宁子服站在石碑前，盯着六葬菩萨的脸。

他不是不尊重这里人的独特风俗，他只是觉得这塑像的比例看起来稍显奇怪，可他也说不清具体是哪里奇怪。渐渐地，宁子服竟觉有些毛骨悚然——自己明明站在"六葬菩萨"的侧面，可它那双木头眼，竟然正盯着自己在看。

他有些理解了从前莫琪对他说的话。

宁子服往左走，六葬菩萨的视线便跟着向左。

宁子服往右走，六葬菩萨的视线便跟着向右。

宁子服站在香案的正中央，六葬菩萨的视线便也停留在此处。

"是材料特殊？还是雕刻的手法特殊？"宁子服起了好奇心，"难不成是什么特殊的打光技术？"

眼见宁子服就要爬到香案上研究这六葬菩萨的构造时，他突然想起了正事——自己是来找莫琪的，不是来研究獒铃村信仰与风土人情的。

他拍了拍脸，清醒过来。

摆放供果的香案之上摆着一本敞开的书，其上写道：

阴木之物，阴属性的树叶即可。

阴土之物，可以死去的土中之虫代入。

阳金之物，需铜、金、银等雕像、饰物。

阳火之物，引火之物即可。

宁子服默默将书放了回去，现在能解他内心忧愁的不是这些乱七八糟的祭品，而是平安无事的聂莫琪。

不知莫琪现在如何了。

二

"呵呵呵……呵呵呵……"

神庙之外，隐约传来一阵小孩子玩闹的笑声。

此情此景听到稚童那银铃般的笑，宁子服手臂上好不容易退去的鸡皮疙瘩瞬间又爬上来一层。

这村子的确不对劲，难怪村口那老太太一直劝他离开。

宁子服追着笑声便跑出去，那速度，比野狼闻到羊膻味时跑得还要快。

循着笑声，他跑到莫琪家祖宅门前。

大门被一把新增的铜锁给锁住了。

门上贴着的喜联与红绸像是在提醒他，今天原是他与莫琪的大喜之日。

"呵呵呵……"

孩童的笑声再次响起。

宁子服僵着脖子转过头，发现窗前站了个奇形怪状的人类幼崽。

他虽谈不上喜欢小孩，却也不至用"奇形怪状"来形容一个六七岁大的孩子。只是这孩子看起来……委实很有奘铃村的气质——他身穿藏蓝短褂，手持红色卷轴，头上还戴了一个硕大的娃娃头罩。

娃娃是年画上的那种娃娃，长睫毛，大眼睛，红脸蛋，厚嘴唇。头罩上没留任何孔洞，所以这孩子应该是什么都看不到的。这本就已经很危险了，而更危险的是，他脚上还踩了双几乎比他还要高的高跷。锻炼杂技从娃娃抓起？刚刚在笑的是这个孩子吗？

宁子服走上前去，试着询问："小朋友，你认识这家的聂莫琪姐姐吗？村子里的人都去哪儿了？"

孩子没有任何回应。

宁子服抬了抬头，蓦然发现这孩子身后的树杈上挂着一把钥匙和一根拐棍。

钥匙是莫琪家大门的钥匙？拐棍难不成是村口老婆婆弄丢的那个？

宁子服依据现有证据脑补了一番故事的经过与发展——一个踩着高跷、戴着头罩，什么也看不见的小朋友在村口盯上了一位七旬奶奶的拐杖，于是生出恶作剧的心思，抢了奶奶的拐杖就跑。老太太失去拐杖寸步难行，干脆往门口的石头上一坐，因为她相信，不久以后会有一个来寻找妻子的小伙子愿意多管闲事，替她找回拐杖。

宁子服表示无法理解，可眼下让他无法理解的事情实在太多。虱子多了不痒，债多了不愁，既然什么都想不通，那就不如什么都不想了。眼下，打开莫琪家大门和让老太太平稳走回家才是第一要务。

宁子服又笑着同小朋友说道："你能摸到树上的东西吧，可以帮大哥哥取下来吗？"

为合理展现自己的亲和力，宁子服夹着嗓子堆着笑，脸上的肌肉险些都跟着变硬了。

可这怪小孩依旧不理他。

彼此沉默半晌后，孩子终于给出了回应。他缓缓打开了手里的卷轴，红色的边，白色的纸，上面没写字，简单用粗粗的线条描了三幅画——拨浪鼓、野蟋蟀、木陀螺。

这些是他想要的玩具吗？

宁子服有些疑惑："什么意思？你想让我找到这些东西和你交换吗？"

对方又沉默了，甚至连那"呵呵呵"的笑声都没有了。

在自己与人类幼崽无法顺利沟通的当下，宁子服对聂莫琪的思念达到了一个全新的高度。

莫琪很喜欢小孩子，也很擅长和小朋友沟通。

一次外出旅行，他们偶遇了一个恨不能将火车道哭出九曲十八弯的孩子。孩子的爸妈想了许多办法，也没能让他安静下来。眼见这对父母走投无路恨不能给孩子表演真人版奥特曼打小怪兽时，莫琪过去，蹲下，和那个小朋友说了一会儿的话。刚刚还嚷着要毁灭地球的孩子很快就安静了下来，那天，莫琪不仅是宁子服眼里的英雄，也成了整个车厢乘客眼中的英雄。

"你怎么做到的？"宁子服给功臣递了瓶水，诚心询问。

"我也不知道。"聂莫琪戳了戳自己的脸，"也许是因为我长得可爱吧。"

换了别人说这话，宁子服十有八九要不给面子地"呸"上一声。可说这话的人是莫琪，宁子服认真思考过后，发自肺腑地觉得很有道理。

宁子服拍了拍脸，暂时将自己从恋爱脑中唤醒过来。

小孩子能有什么坏心思？小孩子不过是想要几样玩具。

他想要，那就给他嘛！

三

莫琪是个念旧的人，她曾经说过，自己小时候的玩具几乎都还留着。

"我小时候的玩具基本都是爸爸亲手做的，有拨浪鼓、木陀螺，他甚至连不倒翁都会做。我还会抓蟋蟀，我家院子前面有一片草丛，里面的蟋蟀都傻兮兮的。"

回忆起小时候的事情，当时莫琪的眼睛看起来亮晶晶的。

"后来我去上学，离开了村子，爸爸妈妈就把我小时候的玩具都放进了仓库里。我爸的手特别巧，做出来的玩具好多孩子都喜欢。我小的时候喜欢，现在的小朋友也喜欢。邻居家的小男孩儿时常会缠着我爸给他做这些，可惜，我爸身体不太好，不怎么做手工了，我妈就把我放在仓库的玩具送给那个孩子。那个孩子很喜欢把玩具藏起来让大家找，说这叫'寻宝'，小孩子的想象力是不是还挺有意思的？"

宁子服推测，这个踩着高跷的怪小孩就是莫琪提过的那个邻居家的小朋友。

他现在提出的要求，应该就是在让自己陪他玩寻宝。

既然是孩子自己藏起来的，那应该很容易找。如此轻视人类幼崽创造力的宁子服很快就检讨了自己的自大行为——小孩子在藏东西上的天赋是出类拔萃的，他竟然可以将拨浪鼓藏进村子前那供奉牌位的小庙里。

他藏的时候真的不害怕吗？

宁子服里里外外又忙活了好半晌，终于在一个机关匣子里找到了木陀螺。

最后,他全神贯注趴在草地里面捉蟋蟀。

大喜之日,新郎官穿着红色的喜服趴在草地里抓蟋蟀。论这画面的离谱程度,怕是只有"莫琪被妖怪抓走了"能与之一较高下。

唯一能让宁子服感到欣慰的就是莫琪说的是对的,她家这边的蟋蟀,的确都很傻。

平时连打蟑螂都很费劲的宁子服没费什么力气便抓到了好多只,他连着蟋蟀和玩具一并交给那孩子。

孩子很高兴,嘴巴里咕噜噜发出宁子服先前听到过的那种笑声。他伸手,摘掉了自己的头罩,露出惨白的一张脸来——大眼睛、红嘴唇,一层又一层的黑眼圈。这小孩的脸,好像和酒店里看到的纸人小孩一模一样……

宁子服尚未反应过来,怀里就被塞了一大堆东西:莫琪家大门的钥匙、老太太的拐棍,还有那孩子刚刚戴在头顶的娃娃脸头罩。

得到玩具的孩子踩着高跷一点点挪出了宁子服的视线。

他是横着走的,姿势很僵,就像试着从蒸锅里爬出去的螃蟹,踉踉跄跄。

孩子走了,露出了身后的窗。晚风打斜吹来,吹得床板吱呀作响。

屋子里很暗，没开灯，唯一的光亮来源于三根烧了一大半的檀香。香炉后，供奉着一张黑白的遗像。宁子服打开手机的手电往里照，蓦然发现，那张遗照上的脸，和刚才那小孩一模一样。

是……双胞胎吗？

窗台上，放着一个小铁匣子。宁子服将其打开，发现里面锁着一本小孩子写的日记。

正月十三

我的病越来越重，大伯采了一片嫩芭蕉树叶给我，说这样就能治病了。

大伯读书太少，我才不信一片芭蕉叶就能有用呢。

这页的日记后面夹着一片芭蕉叶子，小朋友嘴上说不信，到底还是接纳了来自大伯的善意。

正月廿八

我会不会死啊？我不想死。

我还想和最喜欢的邻居家大姐姐一起玩呢。

邻居家大姐姐？说的是莫琪吗？

二月初三

大姐姐说她要结婚了，到时候会给我一个大红包！

等我病好了，还会让新郎陪我一起玩。

拉钩哦！

我要让他陪我玩寻宝、捉蟋蟀！

二月十四

我要死了，不能出去玩了，不能写日记了……

七月十五

大哥哥下次还一起玩哦！

七月十五？不就是今天吗？

最后这一页，字是红色的。

墨迹飘香，似乎尚未完全干透。

宁子服四下查看一圈，没有孩子，没有笑声，似乎连草丛里的蟋蟀都齐刷刷睡下了。

莫琪此时不在荚铃村，这是好事，也是坏事。

41

这里实在诡异，一会儿孩子笑，一会儿女人哭。宁子服悬着一颗心，被处处疑点磋磨得神思疲倦。如果莫琪当真被那怪女人拐来了奘铃村，此时只怕已是凶多吉少。所以莫琪不在，可能反倒安全，这怎么就不算好事呢？

可即便能暂时用"没有消息就是最好的消息"来安慰自己，他还是没能找到聂莫琪。

宁子服看了一眼手里的拐杖，决定先把这东西给村口那老太太送去。这荒村野巷她一个人在风口里坐着，委实不怎么安全。

四

老太太还没走。

她坐在磨圆了的石头上，正仰着脖子往天上看。

"中元节的月亮，可真圆啊。"

宁子服听到她的自言自语后也跟着抬起了头——黑压压的天一望无边，莫说圆月了，便是连被天狗啃剩下的月牙都没有！

老太太看到了宁子服，满是褶皱的脸上缓缓漾开一抹勉强称得上慈祥的笑意来。她嘴里没什么牙，这一笑，脸颊凹陷得格外明显。就像被扎了孔的气球人，皮肤似乎马上就要因为支撑不住而彻底松散下去了。

这样一位上了年岁的老人,却要独自居住在僻野荒村。

好不容易到隔壁村子串个门,却又被淘气顽童抢走了拐杖。宁子服不由得想起住在自家楼下的那个独居老人,他脾气古怪,喜欢独来独往。一天二十四小时,他至少得抽出七分之一的时间来同别人吵架,物业也好,邻居也罢,就没有没和他红过脸的。

宁子服倒是没有和他吵起来过。

不是这位老人对宁子服另眼相待,而是宁子服只要一想到对方一把年纪无儿无女,便是任凭对方如何嘴毒,也能当作什么都没听见了。

莫琪曾对此事表达过强烈的不满:"他倚老卖老,欺人太甚!下次他要是再敢说话这么难听,我才不管他年纪有多大,我肯定是要骂回去的。"

可惜,她虽然是这样说的,可她从来没有这样做过。

后来,整个小区的人都知道他们小情侣脾气好,和那个怪老头相处得很"融洽"。于是,物业或社区有什么事需要联系那位老人的,都会求着宁子服和聂莫琪去做。

他们两个经常帮着忙前忙后,可换来的大多只有老人的一句"多管闲事"与快要翻出眼眶子的白眼。起初,聂莫琪还会掐腰跺脚喊上几句"气死我了",可时间长了,她也没什么情绪波动了。

"算了算了，谁不会老呢。"聂莫琪的微笑之中透露着几分超然物外的洒脱，"也没几天好……哎呀，和他一般见识做什么呢。"

早就对此见怪不怪的宁子服会默默打开外卖软件，聂莫琪说过，女孩子生气的时候需要吃炸鸡来调节脑内多巴胺分泌。只吃炸鸡会变胖，所以还需要加一瓶冰镇的可乐，这样就可以冻住热量，实现体重的维稳。

虽是歪理，但没关系。宁子服觉得自己被说服了，所以这就是应该遵守的真理。

老太太笑着招了招手："后生，回来啦？找到想找的人了吗？"

她年岁大了，行动多有不便。宁子服看得心慌，生怕对方一不小心便把腰给闪了。他快步走上前去，将拐杖递了过去："婆婆，这是您丢的拐杖吗？"

老太太接过拐杖，单手拄着颤颤巍巍站了起来："后生是好心人啊，谢谢啦。要是没有拐杖，在这坐一晚上，怕是老命都要没了。这村子有些奇怪，你也快走吧。"

"婆婆，我要找到未婚妻才能走。"宁子服再次表明决心与来意，"您说这村子奇怪，是什么意思？"

老太太左右看了一圈，压低嗓音道："这村的事情你最好别打听。哎哟喂，我这个腰……"

话音未落，她的腰突然疼得厉害。宁子服见状，慌忙扶着她又坐回到那石头上。老太太唉声叹气了好一会儿，而后又将注意力放到宁子服身上："我再歇歇就走啦，你也早些回去吧。"

说完这话，她便合上了眼皮。

任凭宁子服在一旁张牙舞爪、吹拉弹唱，她自岿然不动，石雕一般。

宁子服累了，只得暂且放弃从这个唯一能见到的活人嘴里获取信息。他决定先回莫琪家老宅看看，有人替那道门上了锁，也许里面当真藏了些有用的东西。

五

莫琪的家变得特别乱。

原该摆在柜子上的书散落满地，柜门敞开，里面黑漆漆的像是随时会跑出什么可怖的东西。床上的被子被掀开，枕头被刀子划破，露出絮在里面的棉花芯子来。

宁子服隐约记得，自己早上来时，这里并不是这个样子的。莫不是有人来过，为了寻找什么东西？

聂家算不上大富大贵，这老宅更是很久都没人住过了。哪个贼会来这里偷东西？偷什么？和绑走莫琪的那个女人有什么关系？

宁子服努力想要将线索串联起来，却依旧毫无头绪。

柜子上的不倒翁娃娃在微微晃动，圆圆的肚子与大大的眼睛，看起来的确是莫琪会喜欢的东西。宁子服在这荒村古宅独自飘荡太久，如今看到这种莫琪可能会喜欢的东西都会生出亲近之意。他走上前去，戳了戳不倒翁的肚子。不倒翁加大幅度晃了晃，竟晃得背后墙壁掉下来好大一块儿皮。

这是不倒翁还是震楼器？

宁子服又伸手戳了戳，墙皮上的缺口越来越大。等墙面上完整露出一整幅像八卦图一样的东西时，那个不倒翁彻底倒下，再也站不起来了。

宁子服四下看了一圈，小心搓了搓手——此情此景，很难不慌。

他试探着伸手，碰了碰那幅"八卦图"。

没什么反应。

宁子服重新振作起来，他走上前去，连抠带按，好一通折腾后，那图腾正中央的圆环处竟当真敞开了一道暗门，露出一个不大不小的孔洞来。

暗格里面有一张照片，一对年轻的夫妇站在后山的坟场前，怀中各自抱着一个刚出生不久的婴孩。这是一对双胞胎，包裹着一模一样的襁褓，生着一模一样的脸。刚刚那个震楼器似的不倒翁，看起来竟与她们有着七八分地像。

抱着刚出生的孩子去坟地照全家福，这也是荑铃村特有的习俗吗？

照片下面的留白处写着两行字：

祖宗保佑

莫黎，莫琪……

莫黎，莫琪？

宁子服忍不住自言自语："莫琪有个双胞胎姐妹？怎么从来没有听说过呢？"

宁子服将照片收进衣服口袋，额头沁出一层冷汗。双胞胎？难不成那个和莫琪生得一模一样的女人是莫琪的双胞胎姐妹？可莫琪明明说过她是独生女，岳父岳母也在调侃莫琪时说过，家里就这一个孩子，所以凡事大多由着她。

这个莫黎，到底是谁？

六

宁子服拿着那张全家福，想要去拍摄地——也就是后山的坟场瞧一瞧。

那里是埋葬外来人的坟场，聂家父母特意抱着孩子在那儿拍照，或许她们并不是土生土长的荚铃村人。

路过村口时，他发现那老太太竟然还没走。说好的歇一歇就走呢？她是准备在这儿露营吗？

老太太睁开眼，扭过头，幽幽笑问："后生，怎么还没走？"

宁子服拿出那张全家福，抱着死马当作活马医的心情给她瞧："婆婆，您看一下这张照片，莫琪她有个双胞胎姐妹吗？"

老太太伸手摸了摸照片，转而沉声叹息道："唉……作孽啊……的确是生的双胞胎。那个姐姐啊，被扔掉了……"

宁子服哑然："什么，扔掉了？为什么？"

"这村的老人说，那两个孩子出生的日子不吉利，双胞胎会冲六葬菩萨给村子的风水，只能留一个。"老太太顿了顿，继续回忆道，"她们爹娘也不想扔，但两个都一直发烧，村子里的人堵在他家门口说六葬菩萨生气啦，再不扔两个都没救了。后来就给扔城隍庙啦,说让她生死由命。"

"竟有这种事情,难怪没有听她父母提起过……"

宁子服感慨过后,沉默良久。他忍不住在心里咒骂那些老人封建愚昧,害人不浅,小儿发热是常事,诱因也有很多。若是及时带去医院检查治疗,莫黎应该会与莫琪一同长大,何谈冲撞了什么六莽菩萨?可这奘铃村本就一副与世隔绝的模样,聂家父母被迫抛弃一个孩子,想来也是信息不通的无奈之举。

他叹息自语:"他们心里也很不好过吧。莫琪应该也不知道,换作是我,也不会把这种事讲给孩子的。"

宁子服有太多想不明白的事,如今却也只得先和这婆婆道谢:"谢谢您告诉我这些事,也许和我现在遇到的怪事有什么关联。"

老太太摇了摇头,再次劝道:"唉……今天日子不好,就别去管这些恩怨了,回去吧,回去吧。"

宁子服察觉不对。

这婆婆总是催他走,就像是在隐瞒些什么。他想向她再多打探些情报,无奈老太太再次恢复了沉默模式。身子一动不动,眼皮半睁不睁。任凭宁子服在一旁问了一箩筐的问题,她也懒得给出一个字的回应。

宁子服放弃了。

这位婆婆就像在线下握手会上营业的爱豆，无论你手持多少握手券，和她说话互动都是限时的。营业期间，她笑容慈祥。营业结束，她闭门谢客。你在一旁焦头烂额也好，撒泼打滚也罢，她都不会再给出任何回应。

莫琪不知道她有一位双胞胎姐妹，但莫琪的父母应该知道。

如今聂家双亲虽然皆已故去，可聂家老宅还在。宁子服决定再回去找一找，毕竟是莫琪让他回的荚铃村，这里应该是有些线索的。

七

他回了老宅，重新将每个角落都翻了个底朝天。除了几本六葬菩萨相关的书外，似乎再没什么新奇的玩意儿。

房间里的灯突然灭了。

虽然本就不怎么亮，可这样突然暗下去，还是惊了宁子服一个猝不及防。他拿出手机打着光，缓步退回到院子中央。突然，眼前一道黑影窜了出去。像猫不是猫，像鼠不是鼠。宁子服抬腿便追，他总觉得，这宅子里的一切都可能成为寻找莫琪的线索。别说"也许只是猫"了，莫琪家的钥匙不就是他拿着一筹筐的蟋蟀找那怪小孩换来的吗？

可惜，他什么都没有追到。

空荡荡的后院里只有一口缸、一口井，一盏不知为何还会亮的灯笼，以及一条为今日喜事特意悬挂起来的红绸。

这口井，自莫琪记事起便已经干枯了。

莫琪说："我夜里睡不着时，曾看到爸妈搭着绳索下到过那个井里。我好奇，也想下去看看。他们怕我有危险，就把辘轳头和井绳都收起来了。后来，我长大了，就对井底下的东西没那么好奇了……好吧，我还是有些好奇的，我总觉得那个井看起来怪怪的。"

莫琪的直觉一向很准，她看起来觉得奇怪的东西大多都是有些蹊跷的。

这井底，会有什么东西？

宁子服去仓库翻出辘轳和井绳，他准备亲自下去看一看。

新郎官挽起袖口，攥紧绳索。他用嘴叼着手机照明，然后一点一点把自己顺到了井底。

枯旧的井底生满杂草，积压了厚重的一层灰尘。井壁之上被凿出一处壁龛，那是灵堂，供奉着聂莫黎的牌位。香炉里面的积灰已然堆满，供奉之物并无新鲜瓜果糕点。一块儿长命锁，一个小花球，还有一个破损了的不倒翁。这不倒翁，和莫琪房间里那个威力堪比震楼器的几乎一模一样。

不倒翁的缺口处贴着宁子服完全不知其意的黄纸，黄纸上用红笔乱糟糟画着图腾，下面还压着一张女孩婴儿时期的照片，应该是婴儿时期的聂莫黎。

宁子服默默将这张照片放进口袋。

他粗略用袖子替聂莫黎擦了擦牌位，扫了扫壁龛里的灰尘。然后双手合十，在莫琪姐姐的牌位前拜了拜。她原该健康长大的，如今却连牌位都得被奉在这深井之下。聂家父母死后，再无人知晓她的存在，所以这里看起来才如此破败。等找到莫琪后，便和她一起将姐姐的牌位带出这深井吧。

宁子服顺着井绳往上爬。

不知从哪里传来了女人的叹息声，这声音，和莫琪的几乎一模一样。

宁子服想要上去找人，当即使出吃奶的力气加速往上爬。谁料动作幅度加大，先前放在口袋里的合影竟不小心蹿了出去。他也没管，扒着井沿手脚并用地滚了出去，姿态极其不雅。可饶是他以这般能吓傻路过群众的狼狈姿态追上来，迎接他的依旧只有四下空旷。别说莫琪了，连只老鼠都没有。

宁子服独自坐在井边，他看着手里婴儿聂莫黎的照片，沉思良久。

难不成这一切奇怪之事皆与聂莫黎有关？

他想起六葬菩萨庙里的石碑，消灾解难……

自己与莫琪今日经历之事，应该便是"灾难"了吧。

宁子服看着照片，自言自语："这村子里的许多东西都能对应石碑上的五行学说，按照传统的五行划分，芭蕉属阴属木，虫尸属阴属土，金属雕刻物属阳属金，蜡烛属阳属火。如果真的是聂莫黎带走了莫琪，那我也许可以试着借助六葬菩萨赶走她？"

这只是一种走投无路的设想。

可既然已经走投无路了，那便试试又何妨？

宁子服找到了努力的方向，很快便将东西找齐全了。

他重新回到六葬菩萨的庙宇，恰好又与那神像对上了视线。

"我虽不信你，但我今日期盼你能帮帮我。"

言罢，他爬上香案。

按照石碑所言，宁子服将自己找来的物品放在六葬菩萨身上的对应之地。最后，他小心翼翼将聂莫黎的婴儿照放在六葬菩萨交叉于小腹前的双手上。

"这样就可以了吧……"宁子服爬下香案，虔诚道，"对不起了聂莫黎，我不能让莫琪受到伤害。"

突然之间，天色大变。六葬菩萨身上镶嵌着的宝石逐个亮起，闪出墨绿色的光。他额心处的第三只眼发出了刺目的光，眼见这光就要直直射向其掌心的照片，谁料，那白衣新娘突然出现！她伸手按住六葬菩萨的脑袋，手腕发力，"咔嚓"一声，竟掰断了神像的脑袋。

她随手将这脑袋瓜子扔到地上，脸上毫无波澜。

六葬菩萨的头在地上翻滚了好几圈，哪里还有"奘铃村唯一信仰"的尊严？

宁子服被白衣新娘此番操作惊得呆怔在原地。

她走下神坛，闪现到宁子服面前。

白纱遮面，双眸黯淡。唯那一张涂抹了血般的嘴唇，红得很是娇艳。

宁子服在原地站稳，他试着和对方讲讲道理："聂莫黎，我理解你的怨恨。但你的父母已经不在世了，莫琪是完全无辜的，她是你的亲妹妹，你为什么要把怨恨指向她呢？"

他其实可以理解她的怨恨。

因为莫须有的原因，尚在襁褓的孩子便被抛弃在城隍庙内。

她有理由怨恨的，只是这怨恨对象不该是对此全然不知的聂莫琪。

当然，如此直白地讲道理多少有些站着说话不腰疼。若当真有人需要承担这份怒火，宁子服觉得自己也可以。于是，他上前一步，认真道："如果你一定要复仇，就由我代替她，请你放过莫琪吧！"

她沉默了。

宁子服见她嘴唇微微开合，似乎想要说些什么……

突然，那被扯断了脑袋的六葬菩萨拼尽自己仅存的尊严冒出一阵子绿光。白衣新娘张了张嘴，可她什么话都没能说出来，便已消失不见……

手机传来振动声。

宁子服渐渐缓过神来。

电话竟然有信号了？

宁子服拿出手机，发现是莫琪拨来的电话。他忙忙接通，声音有些激动："莫琪！是你吗？莫琪？"

"子服救救我，那个长得和我一样的女人一直跟在我后面。"聂莫琪在哭，哭得声音都是颤抖的，"我现在躲在我们的新房，她没有跟进来……"

随后，信号再次中断。任凭宁子服如何大喊"莫琪"的名字，等待他的，只有听筒中传来的那种"哗啦啦"的声响。

六葬菩萨的脑袋滚呀滚，滚到了宁子服的脚边。

然后，它以脸部朝上后脑勺抓地的姿势停了下来。宁子服感觉这东西还在看自己……好想一脚把它踹进门外的水沟里！

第三章 送客

一

奘铃村是个好地方。

这个好,主要体现在生活在那里的人都很热情。

宁子服作为奘铃村的女婿,此番空手而来,空手而去。村民们不但不挑理,甚至还自发地组建了送别的队伍。他们面带统一的微笑,头戴五颜六色的六瓣合缝瓜皮帽,脚步轻快,笑声甜蜜。

他们突然出现在车窗前,吓得宁子服一脚跺在刹车上,实现了一幕许多电影特效都做不出来的夜路漂移——看似帅气,可事实上他差点儿连人带车一起扎进路边的水沟里。

宁子服攥着方向盘,喘了好一会儿的粗气。

荒山野岭,纸人拦路。在连着被吓了三四次后,宁子服紧绷的神经已逐渐开始麻木了。他不再关心这些奇闻怪事,他只担心自己的车会撑不下去。这荒山野岭的连信号都没有，若车子当真抛了锚，莫说打电话叫拖车了，他想扫个共享单车应该都做不到。

奘铃村距离自己与莫琪的新房有两个小时的车程，希望这车四轮健全，希望它身上所有的零部件都能完好无损。

宁子服喘匀了卡在嗓子眼的那口气，准备重新上路。

大约一个小时前，在六葬菩萨那里，宁子服接到了聂莫琪的电话。

莫琪说她此时正躲在他们的新房里。

随后，电话中断，宁子服的手机失去信号重新变成了一块儿可以发光的砖头。

迫不得已，他只能立即开车赶往新房。

路上，宁子服遇见了几位突然出现的纸人。小东西们长得相当别致，论起提神醒脑的效果怕是连美式咖啡都得甘拜下风。

莫琪没有来找自己而是直接回了新房，想来是其中还发生了自己不知道的波折。

宁子服现在只盼着他们一起生活了两年的家可以保护莫琪的安全，让她免受不速之客打扰。

他调整好车头朝向，踩下油门，将目前尚无任何损毁

57

出现的小轿车开出了最快的速度。宁子服从前就喜欢开快车,但是很少这样做,因为他的副驾驶上大多时间都会有莫琪坐着。

"慢点儿,注意安全!"莫琪用手指轻点自己的膝盖,慢条斯理道,"没听过那句话吗?行车不规范,亲人两行泪。怎么?想让我抱着你的遗像哭上三天三夜?"

宁子服恍然,似乎听到了莫琪的碎碎念。

他们会再见的,莫琪也会再次念叨着来担心他的安全。

二

宁子服的车撑到了小区的室外停车场,可因为走得匆忙,他没带钥匙和门卡。

此时此刻,他连衣服都没来得及换,穿着一袭红色喜服茫然站在小区大门外。若有上了年岁的邻居出来看到他这副装扮在夜色里飘荡,只怕要被吓到精神失常。

没有人会一直不幸,糟糕的事情遇到得多了,总会撞见一两件好事的。宁子服此时便遇见了堪称触底反弹的大好事——小区大门的门没锁,他虽没带门卡,但也进来了。

今天的小区安静得出奇。

楼下无人走动也就罢了,这一整幢楼竟连一户开灯的人家都没有。

许是一路奔波，太过劳累，宁子服只觉得昏昏沉沉，眼前的东西都像蒙了层雾，他什么也看不清。

他揉了揉眼睛，勉强瞧见楼下搭着一处灵棚。草坪上放着花圈，上面插着的花堪称五彩斑斓。"一路走好"四个大字包围着中间的"奠"，这字脱落了许多……现如今祭奠逝者的东西竟然也能偷工减料？

花圈的左下角亮着一盏矮灯，静静发出淡黄色、萤火虫般的光亮。

这是现在宁子服目光所及之处唯一的光。

宁子服很想把它带走，他试了试，没拿动，便只得遗憾放弃了。

不知那逝者是谁，这样的场景，想必走得应该很孤独吧。

宁子服没时间细想这些，他正准备往家赶时，突然有人唤住了他。

"小友请留步！"

宁子服回头，看到一个道士打扮的老人，正笑呵呵扒着小区大门对着他招手。

老人身穿湖蓝色道袍，头戴一顶覆斗形状的布艺帽子。他年岁应该已过古稀，白花花的山羊胡自然下垂到胸前，和他的衣服一样乱糟糟。他的眼睛很小，凹进深处，这样晚的天色，宁子服甚至很怀疑他能不能看清路。

眼下正值七月半，算得上一年里最热的天气。可这老人却将双手揣进袖口，他佝偻着腰，驼着背，像是身上缠了好大一坨寒气。

小区大门不知何时又被锁上了，老人正巧被关在铁门外。宁子服与他隔着铁门大眼瞪小眼，彼此都觉得对方的装扮在这昏沉沉的夜色里怪异至极。

这一天都在遇见怪事的宁子服条件反射将其列为"怪"的行列，于是，他不但没有主动搭话，甚至还默默后退了一步。

老人倒是没被这个动作伤透了心。

他上下打量宁子服一番，旋即认真道："哎呀，小友面色不好，怕是招惹了什么麻烦。"

被怪事缠身一整日的宁子服听了这话，就像在沙漠里迷路时发现了水源的遇难者。他觉得自己找到了懂行情的知音，事已至此，也有点儿病急乱投医的心思，忙忙转身走上前去。

"真被您说中了。今天总是见到一些奇怪的东西，我也不清楚怎么回事……"宁子服顿了顿，转而试探着问道，"不知道您能不能帮帮我？"

老人干咳一声,缓缓伸出手指,指着宁子服身后的方向。他幽幽道:"贫道方才帮一位仙逝的老人做了法事,走时却不慎把法器遗忘在了楼道里。小友如能帮我寻回来,贫道就能帮助小友了。"

宁子服顺着老人手指的方向看过去,发现他指的正是自家单元。

宁子服一听"法器"和"贫道",便觉对方像个骗子,不太靠谱。他觉得病急乱投医随便把求助希望放在陌生人身上的自己有些愚蠢,可眼下他又实在迷茫,没有方向。

"您说的就是我住的单元,举手之劳,我自然愿意帮忙。只是眼下我得先回家去找妻子,您得先等一等。她自己在家,也不知是什么情况……"宁子服抬了抬头,用视线丈量了一番大门的高度,"您要不试着自己从上面翻进来?"

老人沉默良久后幽幽道:"贫道今年七十有六。"

言外之意,你让一个七十多岁的老头子翻这么高的大铁门,这很不合理。

而且这铁门之上的尖头设计还被打磨得甚是锋利,便是换了身强力壮的年轻人想要翻进来,只怕第二天都有被打上马赛克荣登社会新闻的风险。

宁子服竟然能面不改色提议让一个老头子翻进来……老人眼神略显晦暗,他突然觉得这表面看起来十分憨厚的小伙

61

子并没有他想象中那般善良简单。

宁子服倒是没想这许多,他只是急着要去救莫琪。他不想将时间浪费在帮一个"骗子"找东西上,可他也不能完全确认对方就是个骗子。眼下他病急乱投医,无论什么法子,只要有希望都值得一试。如果老头能翻进来陪自己一起去找莫琪,至少能让他快些见到未婚妻。可眼下客观条件如此,他也不能当真逼一个古稀之年的老爷子翻墙上树。

宁子服稍显遗憾:"您稍等片刻,等我找到妻子后,就马上帮您找东西。"

老爷子虽心下觉得宁子服这人不太善良,但还是本着职业素养,好言相劝道:"小友此去小心为上,今日恐有诸多凶险。"

这怪老头与獒铃村那位老太太莫名地相似,比如,他们都在告诉宁子服今天不是什么好日子。

可今天明明就是他与莫琪大喜的日子啊!

三

宁子服的房子是父母留下来的。

当年爸妈在同一层买了两套房,一套他们自己住,一套留给了宁子服。

和爸妈住得太近难免会被催婚、催生，催各种当时他并不想做的事，再加上那房子太大，打扫起来实在不怎么方便，所以他就另外又租了房，几乎没怎么回去住过。后来，爸妈意外离世，他看那房子伤心，又不舍得卖掉父母留给自己的念想，房子便继续空了下去。两年前，他与莫琪决定同居，便都退了租的房子，搬回了那里。

他们小区物业服务很好，安保做得也很到位。两位保安是轮班制，小区门卫室几乎二十四小时都是有人在值班的。

可就在今天，那个从来没有过故障的大门先是莫名其妙地打开，然后又莫名其妙地锁死。而眼下门卫室里也是空无一人，只留一盏老式台灯，引来蚊虫飞来飞去。桌面上铺着已经有些泛黄的报纸，上面压着的有线对讲机只剩下了底座……哪个吃饱了撑着的把人家的话筒偷走了？

宁子服回来得仓促，没换衣服。

小区大门门卡、单元门防盗门门卡、自家房门钥匙都在常服的口袋里，被他一股脑忘在临时居住的酒店了。他很少用密码来开防盗门，所以也不记得门锁上的五位数密码。他还试着按了自家的门铃，可始终都是无人应答。

手机信号不好也就算了，门铃这种东西也会没有信号吗？

难不成莫琪不在家？

原本想要找门卫借用一下万能门卡的宁子服看着空荡荡

的门卫室，陷入自己连五位数密码都记不住的自责中。他低下头，蓦然发现台子上放着一封信，"宁子服收"这几个字促使他将信件拿起。

这信，没有邮编，没贴邮票，也没写发件人，不像是邮寄来的。

是有人特意放在这里等他来取的吗？宁子服试着打开信封，他的动作渐渐从温和变得暴躁，可就算他直接上牙咬，这信封都是撕不开的。这么有韧性的材料拿来当信封多可惜，把这玩意儿做成皮鞋，就算家里养了哈士奇应该都啃不坏吧。

好在这信封看起来很薄，应该是透光材质的。宁子服灵机一动，拿着它去找了那放在花圈边上的小圆灯。透过那微弱的光亮，宁子服总算是看清了信里的内容——一张来自天地银行的纸币，面额很大，但他一时半会儿应该用不到这个。

为什么要给自己这种东西？恶作剧？

怪事连连后又收到了纸钱，宁子服已经被磨得没了脾气。这钱，他用不上，但隔壁灵堂中躺着的应该用得上。

停灵在此，应该是哪位邻居。宁子服起身走进灵棚，准备聊表哀思。

棚子里面没有守灵人，只孤零零放着一张黑白的遗像。

老人上了年岁，眉梢眼尾皆已下垂。他的头顶已经不剩什么头发了，两鬓间还残存的几缕也早已变得花白。看遗像上愁眉苦脸的神情，倒是和他活着的时候一模一样。

"想不到我们最后一次相见竟然是以这种方式。"宁子服在遗像前弯腰拜了拜，只当送这老人最后一程。

过世的是他们单元四楼的那位老人。

老爷子打了一辈子光棍，无儿无女，无依无靠。宁子服和聂莫琪觉得他可怜，从前也帮过不少。无奈老人不领情："说谁可怜呢？我这叫自在逍遥！"

挺有道理的。

他嘴毒，脾气坏，就连莫琪那样的好脾气，都常常被他气得睡不着觉。

如今还能有人为他操办葬礼，宁子服多少觉得有些意外。也许是远房亲戚吧，为着情面来送他最后一程。这个时间都回去歇息了所以无人在此守灵，倒也算是人之常情。

灵堂搭得很是简易，放置老人遗像的桌子似乎就是他生前用来吃饭的那一张。桌子旁边还放了个红棕色的抽屉柜子，好像也是老人从前放在卧室里的东西。

桌上摞了几张纸，被订书器订在了一起。

封面上写着"遗愿"，应该是写着老人尚未完成的夙愿吧。

宁子服将其拿起，想着若有什么是自己力所能及的，就帮上一帮。

1. 我无儿无女，但死后总得有个人给我送终吧？
2. 单身一辈子了，死后得烧个美女陪我。
3. 到那边路太远，还得再给我烧匹骏马。

等你完成我的遗愿，就可以拿走我的遗产，就在我的抽屉柜子里。

如果遗愿不完，我死不瞑目，你也别想好过！

这位大爷还真是将嘴毒且不讲理的人设贯穿了生死，求着旁人完成遗愿的遗书都能写得如此理直气壮，不知道的还以为他的遗产价值千万呢。

宁子服将遗书翻至最后一页：

说的就是你！
宁子服！

宁子服一惊，险些将手中的遗书直接扔进那刚刚熄灭不久的火盆里。

"我……我的名字？为什么会指定我？"宁子服茫然自

语,"这笔墨未干,简直就像刚写上去的一样……"

他抬头看了眼老人那愁眉苦脸的遗像,有些哭笑不得:"这附近没有纸扎店,我怎么给你烧这些东西?等我找到莫琪,这些都会想法子帮你安排的。我也不要你的遗产……除非你的遗产能告诉我咱们单元门的密码。"

他手上的白纸突然传来笔尖画过纸面的沙沙声,渐渐有新的墨迹在空白之处浮现出来。

一回生二回熟,此番宁子服倒是不怎么害怕了。他盯着那逐渐成形的墨迹,跟着数着笔画:"三……四……四……五……六,三四四五六?"

这串数字,让人莫名熟悉。

"这是……单元门的密码?"

宁子服怔怔看向老人的遗像。

突然,遗像里老人的表情变了。好好一张照片,突然从苦大仇深变成了怒目圆睁。若他能从照片里爬出来,多半是要指着宁子服的鼻子破口大骂"密码都告诉你了还不抓紧滚"。宁子服留下一句"打扰了"后慌忙跑回自家楼下,按照提示,输入密码。

门果然开了。

宁子服不禁感叹,自己年纪轻轻的,记忆力竟还不如一个老人。

四

楼道的灯坏了,只有安全出口的指示牌还亮着。

许是绿光容易将东西照得老旧,宁子服竟觉这楼道变得"苍老"了不少。

"滴答……滴答……"

似有钟表声从信箱里传来。

宁子服缓缓走过去——这声音,好像是从自家信箱里发出来的。

他小心翼翼,试探着输入了密码。柜门弹开的刹那,"滴答"声彻底消失不见了。

信箱里静静躺着一根蓝色的指针,像是刚刚从座钟里面卸下来的。

一根指针为何能发出那种炸弹倒计时一般的声响?它刚刚自己在信箱里面蹦迪了吗?

宁子服很疑惑,很不解。他决定先不想它,于是,他草草将这指针塞进口袋,便准备去按电梯。

电梯按钮上贴着一张朱砂画就的黄纸。

这也许是那被拦在小区外面的老人留下的东西?为何要在电梯上贴这个?宁子服心怀疑虑,将其撕下。然后,他就明白了这纸贴在这里的意义了——谁家正经电梯会通往地下十八层啊？

"B18……"宁子服苦笑。

电梯坏了，只得爬楼。

九层说高不高，说低不低。可无论如何爬都停留在一楼的话，想要爬上这个九层，怕是比登上珠穆朗玛峰还要难了。

宁子服靠在栏杆上，大口大口喘着粗气。

他一遍又一遍试，跑也好，跳也罢，无论他以什么样的姿势往上走，都离不开这第一层楼。宁子服干脆手脚并用，闭着眼睛向上爬行。睁开眼后，墙上那巨大的"F1"标识让宁子服不得不接受现实——有一道莫名的"墙"将自己困在一楼，若找不到正确路线，他这辈子都上不去九楼。

"哈哈哈……哈哈哈……"

宁子服听到一阵让人毛骨悚然的笑。

与奘铃村小孩子的玩闹声不同，这一次，宁子服多少能听出点儿嚣张与挑衅。

宁子服原该害怕的，可大抵是怪事见得多了，他不慌不乱，内心毫无波澜。

继续耗在这里显然不是长久之计，宁子服决定先把电梯面板上的那张纸送回给原主人，然后问问他，自己如何才能

69

爬到九楼去。

那神秘老人依然在小区门外，他接过黄纸，前后左右地看了看，蹙眉询问："只找到这一张？其他的呢？"

今天这小区里的老大爷们行事作风主打一个理直气壮，灵棚里躺着的也好，被关在铁门之外的也罢。虽是求人办事，但态度一个比一个嚣张。

宁子服脾气好，耐着性子解释道："抱歉，只在一楼找到了这一张。我在楼道里遇见了怪事，走过楼梯之后还是回到了一楼，您有什么解决之策吗？"

老人直勾勾盯着宁子服，上下认真将其打量一番。他伸手捋了捋自己的山羊须，继而缓缓说道："贫道看小友脸色更差了，莫怪贫道说话难听，这样只怕会性命堪忧啊……给贫道讲讲你到底遇到了什么吧。"

"我上不去九楼。"

"可否……讲得更详细些？"

宁子服言简意赅："今天我结婚，新娘不见了。新娘给我打电话说她人在新房，但是我现在上不去。"

老头儿又伸手摸了摸自己的山羊须。

"小友，贫道知道你着急，但是你先别急。贫道总得知道你具体都经历了什么怪事，才好帮你。"

宁子服确实很急。

他联系不上莫琪，不知莫琪那边究竟是何境况。自己明明已到了楼下，却又怎么都上不去。他很急，可他必须沉稳下来。这老头说得对，想要他帮自己解决问题，总得先让他了解自己的问题。宁子服虽说不是完全信他，可还是沉下心来，详略得当地讲述了这一天遇到的怪事。

老人掐着手指算了算，恍然大悟道："当年你们长辈指腹为婚，按传统是为两家第一个出生的孩子定姻缘。这样说来，该嫁你的就应该是那姐姐啊！"

按照传统，确是如此。

可宁子服从未在意那所谓的指腹为婚，他与莫琪是一见钟情。便是没有这稍显荒唐的婚约，即便他们初遇的地点是在人潮拥挤、完全谈不上宿命感的公交车上，他也是会对莫琪一见钟情。这是他们两个人自己的事，与婚约无关，与聂莫黎也无关。

老人继续掐算道："她缠着你们，应该是为了报复吧。"

竟然是这样……

老人见宁子服有些慌神，特意伸手拍了拍铁栅栏："小友，在想什么？"

宁子服原本是想报警惩戒绑架犯的，如今这境况，他该如何描述案情？您好，我未婚妻被绑架了，绑架犯是她的双胞胎姐姐聂莫黎，聂莫黎在她们刚出生那年就已经亡故了。

此事毫无逻辑，他一定会被当成是精神病的！

"没想什么……"回过神来的宁子服看向老人，眼下，对方也许是唯一能够帮助他的依仗了。宁子服抓住栏杆，诚心道："求求您想想办法，帮帮我们吧。"

老人摇首叹息："唉……难办。寻常之法推算不出，还好，贫道还有个问卜的法子。"

他从袖口间掏出一张卷成圆筒的麻布来，透过栅栏缝隙，他将这东西递给了宁子服："小友把这张图布在地上，如你今天见过什么预兆，就按着摆放一下古钱，贫道再为你答疑解惑。"

这么神秘，应该有点儿用吧？

宁子服听话照做。

老人问过宁子服生辰八字后，掐指推算了好半晌。渐渐地，他变了脸色。

"唉……这……"

原来这世界最可怕的言语，不是一个被陌生老头拉着探讨六爻八卦，而是这个老头突然唉声叹气对着你伤春悲秋。

宁子服有些心慌："怎么了？"

"小友，这是命数，贫道也无力介入。"

老人说完，又叹了口气，还摇了摇头。

宁子服的心都要被他给摇凉了。

老人重新收好卦图:"这样吧,你刚刚拿回来的那张纸对你没什么用处,我这还有一张,正能派上用场。你上了楼再四处找找,如果能找到贫道遗失的空白黄纸,就找来一张,照葫芦画瓢画上一道一样的。"

说完,他又从袖口里掏出一张画好的纸,塞给了宁子服。

宁子服看向老人的袖子,他很好奇,这玩意儿里面到底装了多少神神秘秘的东西?

"你把这两张纸一左一右贴在家门两侧,办完此事后,我们再从长计议。"

"我自己画的,能管用吗?"连简笔画都没怎么画过的宁子服表示自己完全没有能够完成此等任务的信心。

老人安慰他:"管用管用。画这东西啊,一是形,二是意,别的都不重要。"

宁子服还是没什么信心,可他也得去试一试。

他收下纸,抬首问道:"我无论如何都上不了二楼,您有什么办法吗?"

"这事好办。"终于遇到一件自己拿手之事的老人干咳一声,就连脊背都拉直了些许,"阴阳变换,周而复始。阴内阳外之物,是聚合生成阳居于上的正物质,是我等肉眼所见之物。相反的,肉眼看不见的即为反物质,想要看到那面'墙',你得换换法子。比如通过某些介质——用你的手机,说不定就能看到什么。"

这老人居然还懂阴阳学说？说不定知识储备比他这个选修过古代哲学的大学生还要丰富呢。宁子服下意识地看了一眼口袋里的手机——终于除去照明外还有其他用途了。

"谢谢，我这就去试试。"言罢，宁子服便一溜烟地跑远了。

他太急，跑得太快，所以他没能听到那神秘老人的自言自语。

"唉……没想到……只有看他能不能做到了……"

夜色昏沉，黑压压的天笼罩在这雾蒙蒙的小区上方。老人湖蓝色的袍子在夜色晚风间微微浮动，他捋顺胡子，看向与自己相隔不算太远的灵棚。

五

宁子服重新回到楼道。

按照神秘老人的提示，他打开手机的照相功能，并将摄像头对准了楼梯口。

伴随着嗞啦啦的声响，手机里的画面逐渐从模糊变得清晰起来——宁子服看到一个穿着灰色衣裳的老人堵在楼梯处，他背着手，弓着腰，像是在饭后散步。

如果宁子服没看错的话，这……是四楼那位大爷?!

宁子服有些哭笑不得："您拦在这儿是要催促我去给你烧纸人和纸马吗？"

他放下手机，选择了没被老人拦住的那条路。楼梯方向虽然是向下的，可走下去后，他竟当真来到了二楼。

按照此法，宁子服一路行至四楼。

老人的遗像被摆放在他自己家的大门前，面前还摆了一盘新鲜的供果。

这栋楼的邻里都算相熟，平日里的这个时间，常常有人敞开房门通风或是和邻居说些闲话。今天楼内安安静静，想来都是觉得这遗像摆放的位置让人有些不舒服吧。

宁子服走过去，把遗像往里面挪了挪。他突然发现这盘供果上插着一根红色的指针，与他在信箱里找到的那个蓝色指针好像是同一座时钟的零件。

宁子服心有疑惑又不知其意，只得暂时将它与蓝色的那枚一并放进口袋里。

他突然觉得自己很像超级玛丽，为拯救公主，一路都在拾取各种蘑菇与金币。

宁子服行至五楼。

楼道内，被贴满了四楼老人的遗像。

这些遗像有大有小，四处张贴，毫无规律，连那些狗皮膏药似的小广告都打不过他,被压在下面挡得死死的。

五楼的住户应该还没发现吧,不然一定会连夜拨通物业的电话。可惜老人已经死了,他们这些活人无论想或不想,都再没法子同他吵架了。

宁子服行至七楼。

地上有一张黄纸,应该就是那道士留下的空白符纸。

楼梯口拢着一处火堆,以符纸为燃料,噌噌往上蹿着绿色的小火苗。

这层没有老人拦路,可那燃着的火堆显然也是写着"此路不通"的。宁子服试着选了另外一边的路,抬头一看,他居然又重新回到了一楼。

真正的悲伤,不是家住九楼却无法使用电梯,而是历经千帆,归来仍是一楼。

宁子服咬着牙,重新往上爬。

他得灭了七楼那团绿色的火。

没有胶水管,没有灭火器,要用衣服扑灭它吗?宁子服看了看自己那临时租来的新郎服,用这东西使使劲,怕是能让这团绿火一鼓作气直接烧到九楼。

疲惫不堪的宁子服抬头发呆,然后,他看到了烟感报警器。

烟感报警器为何没有反应?是因为这团诡异的火焰没有

烟尘吗?

那……只要弄些烟尘出来不就可以灭火了吗?

宁子服想好了主意,忙撕下门上的财神画像。他摸出火柴,将其点燃。红色的火光从老旧的铜盆里缓缓滋生,让宁子服勉强找回几分处于现实而非梦境的真实感。

浓烟渐渐升起,撩拨得烟尘报警器打了个"喷嚏"。赶在水流喷洒而出前宁子服迅速躲远,他可不想出师未捷先变成落汤鸡。

火盆里的画像逐渐化为灰烬。

若让莫琪发现他敢这样对待财神爷的画像,只怕是要原地跳起来薅他的头发。

"事急从权,您且见谅。"宁子服看着火盆,笑出几分憨厚来。

还好,那绿色的火苗虽颜色怪异,可到底还是怕水的,水停了,火灭了,宁子服想都没想便往楼上跑。

可一眨眼的工夫,他却又回到了一楼。

有些人嘴上虽然什么都不说,可心里其实已经装满脏话了。

宁子服拿出手机,重新小心翼翼爬上了八楼。他累得气还没喘匀,却发现801室的门前站着一个穿着紫色旗袍的短发女人,正直勾勾地盯着他看。

77

那女人……好像是个纸人？

纸人嘿嘿一笑，转而便以光闪般的速度迅速飘下了楼。

原来不只龚铃村的纸人会动，自家楼道里的纸人也会动啊。

宁子服一脸从容地掏出手机查看楼梯口，突然，那拦路的老人直接将自己的大半张脸都贴在了他的手机上——随着手机传来嗞啦啦一声响，老人转眼又消失不见了。

宁子服捂着被吓了一跳的心脏，有些慌。

他也没有过多在意，继续往楼上走。

接着，他又回到了一楼……

这楼梯，欺人太甚！

再好的脾气也怕是被消磨干净了，宁子服还没来得及发火，便发现这一楼的楼道里多了样东西——刚刚那个纸女人，竟出现在了这里。

意识到宁子服发现了自己后，她又微笑着飘到了楼上去。

宁子服莫名觉得，今天这楼道里存在的一切怪异似乎都是为了戏耍自己而存在的。

六

四楼老人拦路,应该是因为宁子服没有完成他的遗愿。

一要美女相伴,二要骏马驰骋,三要宁子服亲自为他送终。

宁子服原想着等一切事情尘埃落定后再去纸扎铺子给老人安排殡葬物品,眼下既然有现成的纸人主动送上门来,他又怎会不要呢?

宁子服默默挽起袖口,他准备抓住那个纸人烧给四楼老人,免得对方始终拦路,让自己上不去九楼。

心底有了计划后,宁子服当即便付诸了行动。他追着纸人跑至四楼,却发现这纸人在老人的家门口处消失不见了。

没见她开过门啊,莫不是有什么穿墙之术?

宁子服拿出手机,缓缓抬起,对准了老人家的大门。

纸人果真还在,背对着宁子服的她突然将脑袋旋转了一百八十度,惨白的脸上露出一抹诡异的笑容。宁子服不但没被吓跑,甚至还能一个飞扑向前,将其按倒在地面。

纸人纹丝不动了。

她脑袋的角度恢复了正常,脸上也没有了那种诡异的笑容……这就是一个再普通不过的纸扎女子,先前那些挑衅似的笑声，似乎都成了宁子服的幻觉。

宁子服秉持着"想不明白便不想"的优良作风，扛着纸人便下了楼。他掌握了捷径，直愣愣地往老人拦路的位置上撞。

果然，他顺利回到了一楼。

上楼虽难，下楼却易。

宁子服扛着纸人进了灵棚，转而将其端端正正放进了烧纸的铜盆里。他将点燃了的火柴丢进烧纸盆，然后静静等待它燃烧殆尽。

"砰"的一声，抽屉柜子的上层自动弹开，里面放着的竟然是门卫室那个对讲机的话筒。

宁子服突然想起这老人身体不好，又没有家人，所以就在家里安装了一个有线对讲机，以便在紧急情况时呼叫物业，物业经常因此被老人骚扰。物业如果做得让老人不满意，他就会想法子给对方添堵，比如，偷走人家对讲机的话筒。

物业没法子，就求宁子服去帮忙沟通。莫琪嘴上说着"谁要去他那里挨骂啊"，但还是会陪着宁子服一起去帮忙。

想到莫琪，宁子服就会不自觉发笑。他将对讲机送回门卫室，随手替门卫将这东西安好。

"丁零零……"对讲机突然响了起来。

宁子服接通后听到了四楼老人的声音："电梯归你了。"

第四章　相逢

一

在四楼大爷高调宣称"电梯归你了",且这个电梯确实不再通往"B18"后,宁子服油然生出一种世上还是好人多的感动来。

可这份感动持续的时间并不长,因为宁子服很快就发现,电梯上是没有"9"这个按键的——有人抠走了它,抠得很彻底。

这显然不是孩子的恶作剧,孩子大概没有这样大的力气。

宁子服伸手戳了好几次,终于在心底接受了这东西已经被彻底损毁了的现实。或许是有人在刻意阻拦他的回家路——是谁?四楼的老人?还是聂莫黎?

不得已,宁子服只得退而求其次,暂且先按下八楼的按键。

电梯门开了,安全通道的绿色指示牌是这里唯一的光亮。宁子服拿出手机,按照神秘老人给的法子,将摄像头对准了楼梯,打开了拍照功能。

四楼的老人还在。

他甚至还进化了——造了个一模一样的分身出来。

他们姿态闲适,表情悠闲,将一上一下两个楼梯口堵得似早高峰的公路一般。感受到宁子服的目光后,两位老人齐刷刷抬起了眼,干瘪瘦削的脸颊被指示牌打上绿色的光,就像有人在他深深凹陷的眼眶里熬制了魔法药水,咕噜噜往外冒着气泡,让人一口也不敢品尝。

"难怪莫琪讨厌冒绿光的镜子。"宁子服自言自语,"绿色确实挺不显气色的。"

突然,这照镜子似的两个人一并笑出声来。

"呵呵呵……呵呵呵……"

四楼的老大爷总是喜欢这样笑,挑衅的、跋扈的,按照小区物业工作人员的话来讲,就好像明明是他打麻将出老千,却还好意思抱怨输家不给钱。

莫琪曾否认过这个看法,她觉得老大爷这样笑的理由很简单——无论是谁做到在小区之内吵架百战百胜,应该都会笑得如此嚣张。

此时此刻,这位大爷的脸上写满了"若想从此过,留下买路财"的嚣张要求,在不讲理这方面,他老人家是战神。

"为了不让我上楼,您不会是还特意修炼了分身术吧?"宁子服伸手压着按键,不让电梯门合上。他倚在那里,虽瞧着神情疲惫,却还有开玩笑的心情,"莫琪在楼上,您能不能先让我上去看她一眼?"

大爷不理他,自顾低头看脚,气定神闲。

宁子服很想和对方讲道理,酝酿半晌后……他选择了放弃。

这老人的脾气一贯倔强,讲道理是绝对讲不通的。

聂莫琪,一个能让撒泼状态下的人类幼崽快速恢复冷静的绝世高手,也曾一次又一次在与这老人讲道理的过程中败下阵来。家里的顶梁柱都败了,自己这种买菜都不会讲价的小卒又何必自讨苦吃?

既然磨破了嘴皮子也无用,倒不如抓紧找到他要的东西,完成他的愿望。

小区里没有卖纸扎的店铺,若想给老人烧"马",最快的办法就是连夜赶到郊外的纸扎店去。他的车子停在了小区外的停车场,现在大门是锁着的,想要翻出去费时也费力。

思考过后,宁子服按下了"B1"层的按钮。

负一层是这栋楼的地下停车场,那里停放着他刚考完驾照时买来练习的二手车。这车子宁子服用了两年,一路陪着他从"小菜鸟"成长为"老司机"。后来，宁子服换了新车，这辆旧车也就被闲置了。

恰好莫琪刚刚拿到驾照，她怕开新车会有剐蹭磨损，这辆旧车便再次有了用武之地。莫琪曾经手握方向盘对着后视镜发誓："练不出藤原拓海的车技，我是绝对不会换车的。"

宁子服很担心她若是遵守誓言，这辈子应该都不能换新车了。于是他伸手捂住她的嘴，对着后视镜连着说了好几声"童言无忌"。被捂住嘴的聂莫琪大笑出声，然后空出手来在宁子服的大腿外面掐了一把："行了，宁教练，咱们开始练车吧。"

"事先声明，不准骂我。"莫琪侧过头来，佯装严肃，"不然我会骂回去的。"

宁子服靠在椅背上，默默给自己系好了安全带："你说这种话容易让人误会。"

"误会什么？"

"误会我家庭地位好像很高的样子。"宁子服侧身抓过聂莫琪的手，装出一副恳求的可怜模样，"等一下若是我有什么教得不明白的地方，您骂我时一定要嘴下留情。"

莫琪表示很想踹宁子服下车："不用你教了，给本小姐七天的时间，我一定让你看看什么叫自学成才。"

宁子服抓着安全带死赖着不走，他从口袋里掏出一个

"一路平安"的挂坠，往前一送，像是拿出了免死金牌。

"送你的，祝你早日成为车神。"

莫琪伸手接过，挑眉笑道："这小东西长得还真……别致。"

她嫌丑。

那是一只木头雕刻的小鹿，一双眼睛圆溜溜，像两颗缝得有些别扭的纽扣。后来，这个挂坠一直挂在莫琪的车里，她的朋友看到后，都会干笑着"夸"上一句"别致"。

"挺好看的。"莫琪的嘴比这车的轮胎都硬，"我还挺喜欢的。"

前半句是假话，后半句应该还挺真。

二

电梯里的灯有些接触不良，忽明忽暗的。吓人不说，对眼睛还不太好。宁子服干脆闭上了眼，看不到，就不慌。

电梯门开了，确实是他熟悉的地下停车场。

宁子服松了一口气，还好，这电梯没把他送到什么奇怪的地方去。

自家的SUV旁停着一辆从前没见过的小轿车，它周身蒙着一层厚厚的灰，一根手指压上去，似乎至少能按出个五毫米的指纹来。

"这车,至少得有三四年没人碰过了吧。"宁子服忍不住自言自语。

地下停车场不算大,停在这里的车也不是特别多。若在自家车位旁有这样一辆许久没人动过的车,宁子服觉得自己不该没有印象。此时它凭空出现静静地趴在那里,比突然出现的UFO还要离奇。

宁子服小心翼翼凑上前去——小轿车的后备厢半敞着,里面塞着一台老式座钟。这钟的表盘上没有针,却在掉漆处留下不少岁月的痕迹。它旁边放着个绿色的老旧皮箱,宁子服试着将其打开,发现了一盒贴纸和一枚黄色的钟表指针。

这贴纸上印着符纸上的同款图腾,看起来是那神秘老人的所有物。

这箱子莫不是他遗忘在此处的?

仔细想想,他老人家已经健忘到这般丢三落四的程度,却还是得在这三更半夜跑出来接生意,当真是生活不易啊。熬夜终归是对身体不好的,何况他已那么大的年纪。

贴纸上印着和那张黄纸上相同的图腾,等一下自己画不出的话,倒是可以直接照着描摹下来。

至于这指针……

宁子服拿出先前找到放在口袋里的那两个指针，将三个指针叠在了一起。看长度，红色是秒针，蓝色是分针，黄色的则是时针，这三枚指针似乎是属于那台座钟的。

他想不明白为什么它的指针被人拆分扔进了楼道各处，但他突然想起了一个有些老旧的谐音梗。

送钟，送终。

宁子服小时候听爸妈讲过不少关于白事的习俗，比如"送钟"即"送终"。当时他左耳听右耳出，完全没把这所谓的习俗放在心上。后来他参加工作，需要进行一些属于成年人的社交。远隔千里的妈妈从爸爸口中听说他考虑给领导送一台老式挂钟当作礼物时，她老人家被气得肝疼。她一通电话打来，骂了宁子服足足二十分钟。

宁子服自此记住了这谐音梗，甚至记得比自己名字的笔画顺序还牢靠许多。

宁子服掂量着手里那几根指针……老人遗愿中所指的"送终"，难不成就是"送钟"？

这车不知道是谁的。

不管是谁的，宁子服决定先"借"这钟来用一用。

他挽起袖子，伸手去搬。可这座钟却被死死卡在那小轿车的后备厢中，即便宁子服因为使力龇牙咧嘴咬得腮帮子发胀，它也纹丝不动。宁子服松了手，那钟也只是稍微歪了歪头。遮在表盘上的玻璃罩子微微松动，他试着轻轻一碰，它突然"砰"地弹开了。

这钟就是不会说话，它简直恨不能直接告诉宁子服"来吧，快把指针给我安上"。

"我就不给你安！"宁子服将指针全部塞回口袋，愤然走向自己家的SUV。

若是莫琪知道他和一台座钟置气，只怕会笑得眼角多出两条皱纹来。

回村举办婚礼前，莫琪随手将自己的车钥匙扔给了宁子服。宁子服便把两把钥匙拴在了一起，感谢莫琪嫌麻烦不愿自己管车钥匙，所以现在宁子服才能打开驾驶室的门，看到自己买的那个奇怪小鹿在悠然自得地晃来晃去。

这里没风，它为什么在晃？

宁子服系好安全带，准备先去郊外买纸扎。可还没等他踩下油门，后备厢突然传来一阵"噼里啪啦"的声响。

像是有人在他的后备厢里放了鞭炮，又很像有奇蹄目的生物在马路上撒欢驰骋。

这声音太吵，宁子服很难将其无视掉。他不得不下了车，然后小心翼翼走向车后。

在保持一个相对安全的距离后，宁子服打开了后备厢，里面安安静静站着一匹纸扎的骏马——棕色的身子，彩色的鬃毛。绿色的马鞍，红色的缰绳。虽然它的眼神看起来不太聪明，但它四腿修长，品相端正，应该就是四楼老人想要的骏马。

这东西为什么会在自家的车里？是莫琪的恶作剧，还是四楼老人的手笔？

宁子服将它从后备厢里抱了出来。

无论手感还是外观，它看起来都是一匹再普通不过的纸扎马。刚刚的声音，当真是它发出来的？在经历过给纸小孩发红包、追着纸女人满楼道跑后，宁子服已对此彻底没了好奇。就算这马突然张嘴说它其实是送唐僧去西天取经的白龙马，宁子服也会面不改色地点燃火柴把它烧掉。

于是，宁子服扛着这小棕马去了灵堂，将它四蹄朝下稳稳塞进炭火盆中，随后又将火柴扔了进去。

火光很快燃尽了它的身躯，这一次，突然弹开的是下层抽屉。

里面放着的是老人生前常常拿在手里的望远镜。

老人有时会用这个望远镜偷窥对面楼的住户，被偷窥的居民发现后给他告到过物业好几次，可物业根本就拿这个老人没什么办法。宁子服当然也被委以重任和他沟通过，可惜，也被甩了脸子。

宁子服拿着望远镜哭笑不得："您留给我的遗产就是这个？"

他抬头，看了眼老人的遗照。

不知何时，那遗照突然变得很是热闹——老人左手边是那个紫色旗袍的女人，右手边是那刚刚烧给他的骏马。可纵然已经这般热闹，遗像上的他依旧没有笑。宁子服看着他，他看着宁子服，四目相接，莫名僵持了好半晌。

宁子服率先放弃，他低下头，干笑着准备将望远镜还回去："您的好意我心领了，偷窥这事儿挺不道德的，您以后也别再做了。"

眼见望远镜就要被放回抽屉时，那抽屉突然"啪"的一声自己合上了。遗像里的老人狠狠瞪了宁子服一眼，宁子服被吓得一个激灵。他条件反射地缩回手，将望远镜捧在怀中。

他不会和老人吵架，可那老人还经常找他吵架。时间久了，只要老人眼色稍稍不对，宁子服就会很想立刻贴紧墙皮。

"薛定谔与猫，巴甫洛夫与狗，四楼老人与宁子服。"曾经宁子服如是自嘲道。

彼时正在修指甲的聂莫琪缓缓抬起头来，好奇问道："这三者有什么关系？"

"薛定谔'虐'猫，巴甫洛夫'虐'狗，四楼那位老大爷就喜欢'虐'我。"

莫琪听完，笑得前仰后合，连指甲都给修歪了。

莫琪说过，四楼老人脾气倔强，想要少些麻烦，那就不要和他吵架，尽量在小事上顺着他。忍一时风平浪静，退一步虽然越想越气，可总好过全力奋战但还是犟不过对方。

既然他有想让自己看的东西，那自己就去看一眼，也没什么大不了的！

老人住在四楼，因为总被投诉，所以他就不在自己的楼层往外偷窥了。他很喜欢趴在六楼楼道的窗前用望远镜往对面看，然后发出那种"嘿嘿嘿"的笑声。

宁子服上了六楼，学着他的模样架起了望远镜。

起初，宁子服不太敢看。他眯着眼睛，身子后仰，生怕看到什么不该看的画面。

渐渐地，他发现这望远镜里的世界并非他想象的那般。

对面楼的环境看起来还很正常，与这边单元楼的死寂不同，对面此时灯火通明，正是热闹。四楼那一大家子正聚在一起看电视，应该是娱乐类型的综艺吧，他们坐在沙发上，笑得前仰后合。六楼的小夫妻正在吵架，看书桌前那孩子苦大仇深的表情，他们的吵架理由应该是因为不知道该如何辅导孩子的功课吧。三楼是一个女人在独居，她看起来三十多岁，正在跟着电视做运动，即便房间里只有一个人，看起来生活也是红红火火……

原来他一直偷窥着的，是这万家灯火。

他终归只是太过寂寞。

宁子服突然发现自己从前找错了与他沟通的方向——应该劝他去广场跳跳舞，去小区下下棋，或者是去老年大学感受一下浓厚的学习氛围。

他正准备放下望远镜时，突然，一个身穿蓝衣的女人推开窗子，她抬起自己的左手，指向表盘上三点的位置。随后，又出现一个红衣女人与一个黄衣女人。她们探出大半个身子，一个伸出右手向下指向七点钟，另一个则高高抬起右手手指，指向了十一点方向。

宁子服以为自己看错了，他放下望远镜，缓了缓，重新又看了一眼。

视线之内，飘起一阵模糊的"雪花"来。就像那种老旧的大头电视机，因为信号不好，发出嗞啦啦乱糟糟的声响。四楼的大爷突然背着手出现在望远镜的可视范围内，他老人家那张被放大后的脸直挺挺向宁子服飞来，转瞬，便又消失不见了。

随着老人的消失，那三位"多巴胺穿搭"女士也一并离去。

她们似乎并不是对面楼的居民……

红色、黄色和蓝色，宁子服拿出放在口袋里的指针，发现全都对得上。她们指出来的是座钟时间？难道这个时间是拿到这个钟的钥匙？无法完全确定自己推论的宁子服慌忙重新去了B1层，他将指针安在表盘上，然后按照颜色将它们滑拨到指定的位置。

表盘上的时间是无法真实存在的，可这个时间确实打开了小轿车的后备厢。宁子服成功拿到座钟，并一路捧着它到了灵堂。

香案旁的抽屉柜子上放着一块蓝色的垫子，上面有一处棱角分明的压痕，这似乎是这口钟原本所在的位置。宁子服试探着将座钟放回去，听到"咚"的一声，像是这东西主动为老人敲击了丧钟。

"这样应该就算送'终'了吧。"宁子服回过头来看遗照……哦，谢天谢地，他可终于笑了！

笑过之后，老人的表情逐渐变得安详。

宁子服也跟着有了笑意："但愿他不会再阻碍我了……"

三

宁子服回了楼道。

他乘坐电梯上了八楼，拿出了手机。打开摄影功能的手机拍到的只有深夜的楼梯以及那冒绿光的指示牌，看来老人的确是已经离开了。

宁子服慌忙上了九楼。

他敲响自家大门,大声喊道:"莫琪,莫琪你在家吗?"

宁子服的声音微微发颤,他生怕在自己与那些莫名之物斗智斗勇的时间里,独自在家的莫琪会出现什么意外。

很快,莫琪的声音从房间里传了出来:"子服?子服是你吗?你往后站站,我用门镜看看你。"

宁子服悬着的心终于算是放了下来。

他听到了莫琪的声音,确认了莫琪的安全。从前接外卖从来不知道用门镜看一看的莫琪今天终于懂得了先用门镜确认来人的重要性,安全意识突然提升,这让宁子服生出一股莫名的欣慰来。

他往后退了退,试图让莫琪透过门镜看清自己的脸。

"子服……"莫琪轻声去唤他的名字,可惜,温馨时光不过片刻,她又突然尖叫起来,"呀!那个白衣女人跟在你身后,我不敢开门。"

宁子服下意识回过头去。

楼道里面空空如也,哪有什么白衣女人?

他又四下寻了一圈,依旧不见对方踪迹:"白衣的……我没看到啊,在哪里?"

"又……又不见了。"莫琪的声音逐渐变小,带着哭腔的声音让宁子服切身感受到了她情绪上的失控。她哽咽道,

"我不敢开门……子服你快想想办法。"

莫琪的胆子不大,却也不算特别小。虽然每次看恐怖电影被吓得不敢睁眼睛的人是她,但每次吵嚷着要看新上映恐怖片的人也是她。他们一起去过游乐园的鬼屋,一起去玩过恐怖主题的密室。莫琪虽怕,却也还算冷静。

此时此刻应该是她最害怕的一次吧,怕得即便近在咫尺,却也不敢伸手去打开那道唯一能给她安全感的门。

宁子服能理解莫琪的害怕,换了是他,被一个和自己一模一样的人日夜纠缠,只怕早已精神崩溃了吧。

"莫琪,你不要怕。"宁子服的声音很稳,他努力用自己稳定的情绪让妻子平复下来,"有位老人指点过我,等我贴好符,她就不能跟进来了。"

莫琪颤声催促:"子服你快点贴吧,我害怕……"

宁子服安慰她:"别怕,等我一下,马上就好。"

他拿出神秘老人画好的第一张黄纸,贴在大门左侧。而后,拿出在楼道里捡来的空白黄纸,贴到了相对的右侧。他拿出贴画和盒子里配套的纸笔,对照着那看着就很难画的图腾仔细描摹。他不太会画画,可此时竟有几分下笔如有神的意思。难不成,自己其实还挺有绘画天赋的?

一切准备就绪,宁子服轻轻敲了敲门:"莫琪,我贴好了。"

"真的吗？那我……开门了啊。"

房门被缓缓向内拉开，连衣服都没来得及换的莫琪正泪眼婆娑地站在门前。

红衣新娘和红衣新郎一并站在精心布置好的婚房内，任谁也想不到他们这一日究竟经历了怎样的波折与怪诞。

宁子服上下看着莫琪，生怕她身上出现一点儿不适。在确认新娘平安无事后，宁子服才算缓过神来："莫琪，你没事真是太好了。没有受伤吧？一直联系不上你，我真是太担心了。"

"我没事，子服你也没事吧？"

"没事的。"

宁子服在楼下时看到的所有窗子都是黑漆漆一片，可眼下新房的灯却是亮着的。只是这光线比平日里暗了些许，可能是因为那贴在棚顶的红色拉花与气球有些挡光吧。宁子服好奇询问："莫琪，你在家时一直是开着灯吗？"

"是，我一个人在家如果不开灯，得多害怕……"

宁子服暂且放下这别扭中的疑虑，他问莫琪："你还记得自己是怎么回来的吗？"

聂莫琪拉着宁子服的手，有些焦急地讲明了这一日自己遇见的怪事："上午我醒来时没看到你，以为你先去了酒店，所以我也赶了过去，想和你排演一下婚礼流程。"

她顿了顿，用有些恐慌的嗓音继续讲道："没想到……那里一个人都看不到，只有那个几乎和我长得一样的可怕白衣女人，不知为什么，不停地在追赶我。我在酒店找到你后，就被那个白衣女人拉了出去。我好不容易挣脱，却找不到你，电话也打不通，就回到家来找你了。"

他们一直在找寻对方，却又与彼此断了联系。

宁子服想起莫琪被聂莫黎带走的场景，忙询问："莫琪，你当时喊我回荽铃村，是什么原因？你是知道什么吗？"

莫琪认真思考过后，开始给宁子服梳理事情的前因后果："前段时间，我时常觉得有一个和我长得一模一样的女人在跟踪我。后来她不见了，我以为那件怪事就算结束了。几天前，我遇到过一个陌生的老人，他说我近日有灾祸，缘由是家中亲人。我本来以为他是个骗子，我哪里还有亲人啊，结果……今天见到那个女人时，我突然想起了小时候的事。"

莫琪的脸色变得惨白："有天夜里我在村子墓地看到了一个白衣女孩，长相和我一样，一晃眼就不见了。后来，我又见过她几次。就像在看一面远处的镜子一样，好像她也在随我一起长大……我和爸妈说过，但他们不相信，说是我看错了。那时年纪太小，好多记忆都是模糊的。所以先前被怪事缠身时，我倒是把这件事给忘了。"

宁子服思索道:"你是觉得自己今天遇见的怪事都和那个女孩有关?所以才让我去你从小长大的村子看看?"

"是,遇见这样的事情,我很难不把这两件事联系到一起。"莫琪左右踱步,有些焦虑。

宁子服拉着莫琪坐下,一五一十向她讲述了今天发生的事。

如今确认了莫琪的安全,他已不再着急,所以事情的经过讲得要比告诉那神秘老人的详细许多。

在听到聂莫黎的存在后,莫琪原本就没什么血色的脸色变得愈加难看:"天啊……我的姐姐?我听村里人说过,我们家曾经遗弃过一个孩子,但爸妈说是谣言。原来……发生过这样的事情……"

莫琪低下头,喃喃自语:"姐姐她真可怜啊,因为这些愚昧的风俗被爸妈遗弃……但是,我们要怎么办才好呢?"

她在迷茫中拉过宁子服的手,急切道:"刚才帮助你的神秘老人,再请他帮帮我们吧。"

宁子服担心莫琪独自在家会害怕:"你自己在家可以吗?要不要跟我一起去?"

"我就不出去了。"莫琪缩在沙发里,疯狂摇头,"子服,你自己去吧,我留在家里就好。"

按照如今这种境况,锁了门的新房对于莫琪来说的确是更安全。

在叮嘱莫琪锁好门窗后,宁子服独自下了楼。他用放在家里的备用门卡打开了小区大门,将那位依旧站在门外的神秘老人请到楼上。

这一路,那老人用来掐算的几根手指始终未曾松开。他眉心紧皱,唉声叹气,感觉下一步就要让人买宝贝、改风水了。忍不住怀疑自己是遇见了骗子的宁子服心情逐渐凝重起来——他有防人之心,可眼下他再也寻不到第二个可以求助的对象。

莫琪打开房门,看清了老人的模样,眸色微颤,像是遇见了救星一般:"啊!竟然是您,几天前指点过我的那位老人家……当时不相信您,真是对不起啊。求您帮帮我们吧……"

聂莫琪的话打消了宁子服的疑虑。

的确,他这一路能成功走上九楼、见到莫琪,都是因为有这位老人在暗中相助。

老人上下打量一番聂莫琪,转而摇头叹息:"唉,看来是天意让我不得不管此事。日已落山,务必在零时前彻底了结此事,否则即便是我,也很难救了。"

宁子服原是相信他的,可听他现在的语气,却又实在很像江湖骗子。

扎根于骨髓深处的反诈精神让宁子服再一次直起了腰板，只待发现事情不对，便要立即关门谢客。老人倒是没发现宁子服神情不对，他从那百宝袋似的袖子里掏出一个纸剪的小人，然后用手指在上面勾勾画画。

他一边画，一边说："按你的说法，当年她被丢在城隍庙里，如今却还能出现，该是发生了什么异事，也许和她的命数有关。"

画完后，他将那剪纸递给宁子服："我在这纸上写了其名，你拿到城隍庙告她的状。此状需是相关之人能告，她欲对其妹除之后快，故令妻不可出此门。只有你独自前往，过了中元节零时她才有可能害你性命，目前尚有时间，故还有一线生机。"

宁子服接过剪纸，当即道谢："谢过老人家，我立即就去了结这件事。"

他收好剪纸，回身看了莫琪一眼，轻声嘱托："莫琪，你在家等我。"

聂莫琪看着他，依依不舍："子服，你要小心啊……"

宁子服转身下了楼。

他虽听话，可心里却没什么底。他还是没办法完全相信这个老人，也许是对方的装扮太过古怪，也许是因为他出现的时机有些过于凑巧了。病急乱投医的宁子服搭乘电梯下了楼,不知是太累、太困,还是因为心里装了太多放不下心的事,视线竟又变得模糊起来。

他突然很想聂莫琪——明明在楼上才见过,可为什么又好像许久未见?

第五章　回门

一

听闻，奘铃村外有一处古战场。

当年不知名的甲乙双方在此鏖战三日，战士的性命与刀斧剑戟折了满地。而后，腥臭之气顺着东南西北胡乱刮起的风飘得老远，引来虎狼下山，鹰鹫环伺。

几位拿钱办事的汉子用板车将尸体推进一旁干涸的河道内，而后用铁锹随意往上填了一层土，便算给了这些逝者一个安眠之地。可惜那河道过浅，埋得不深，偶尔还是会有血水渗出，场面着实骇人。

后来，世道太平了，新上任的知府便遣人过来将此地重新修整了一番。可惜人力物力投进去一大笔，百姓却仍觉这里晦气。莫说来此开荒安家，便是不得已路过时，都恨不能在脚脖子上缠满挂了桃核的红绳。知府无奈，就和师爷一起想了个去"晦气"的好法子——搭建一座城隍庙。

这庙在何处选址不重要,房梁用桃木还是榆木不重要,是哪位城隍爷在此接受香火也不重要。只要兴建时场面够大,锣鼓与鞭炮之声足够赶走人心底的"晦气"便好。

奘铃村与这座城隍庙距离不远,按照那神秘老人的说法,得是这里的主人,才能为莫琪主持公道。

一块"禁止通行"的红色路牌拦住了宁子服的去路,他下了车,在伸手不见五指的黑夜里,一时也摸不清视线该往哪儿瞄。

宁子服想要用车灯照明,谁料这车突然犯了倔脾气,坚决不肯亮起自己那对大眼灯。它吭哧吭哧"喘"了几口粗气,转而就静静趴卧在那儿,彻底没了声息。

早就被磨得没了脾气的宁子服试着开了几次远光灯后,默默选择了放弃,他反手关上车门,换了手机出来照明。

可手机的闪光灯就像被蒙了一层雾,明明是亮着的,光线却照不出去。宁子服孤身站在无边无际的黑夜里,见光不是光,听风不是风。他突然有些分不清梦境与现实,就像被蒙在雾里的不是手机,而是他的眼睛。

调整几次仍无结果后,宁子服只能将手机揣回口袋里。

有风吹过,城隍庙大门吱吱呀呀地从里面挤开一条狭窄的缝隙。橙红色的光透了出来，好歹算是让找不到北的宁子服寻到了大门的方向。他绕过拦路的牌子，试探性地往城隍庙里摸索。

突然，有东西勾住了他的头发！

宁子服条件反射向后挣脱，那东西虽拉扯得他头皮发疼，却也没有太过纠缠。他很是轻易便甩开了它——那是一根钓鱼竿似的棍子，较粗的一端被牢牢插入地面。翘起来的这侧垂下一个铁钩似的东西，此时正被宁子服抓在手里。这钩子上面还缠着一缕头发丝，显然是刚刚从宁子服头顶薅扯下来的。宁子服只觉头皮刺痛，倒吸一口凉气。

他隐约记得莫琪说过，村子外的城隍庙至今不曾通水通电，晚上想要照明，只能靠这种纸糊的灯笼。葵铃村的老人都会做，虽然这种灯笼外表朴素，看似不堪一击，实际上质量奇佳，整晚都不会灭。眼下这鱼竿似的棍子孤零零撑在此地，应该就是用来挂灯笼的架子。

可惜，灯笼却不在这里。

宁子服循着光亮的地方走过去，然后推开了城隍庙的大门。

他遥遥看见一盏红色的旧灯笼挂在角落里的戏台上，这戏台被木板挡着且上了机关锁，像是里面藏了什么宝贝似的。

无须抬头，宁子服都能看到坐在正首中央的城隍爷雕像。他手持笏板，正襟危坐。不知是不是那红色灯笼的缘故，整个内堂看起来都是红彤彤的。

宁子服低头看了看自己身上的喜服，倒是显得格外应景。

朱红色的香案上放着一个木托盘，在城隍庙的相关传说里，这东西是用来呈上"冤情"的。宁子服试着将神秘老人给自己的剪纸人放上去……一切如常，什么都没有发生。

宁子服叹了口气，自言自语道："果然不能相信这些乱七八糟的。"

他想拿回剪纸，却发现纸人好似与托盘生在了一处。无论他用多大的力气，都不能将这薄薄的纸片拿起来。说不准自己是哪个流程没有走对的宁子服扭头发现桌上还放着一本书，书面有些破损，字迹也是模糊不清的。

借着灯笼的光，勉强辨认出这书的名字——《异世录》，单看名字，实在很难理解其意。

宁子服翻开书册。

没有目录，开篇便是城隍爷的自我介绍。

> 城隍神，司不平之事，奖善罚恶。
> 如有冤情，以剪纸人写其姓名，并画司死星宿。
> 状纸之上，诉冤写"状"字。
> 后将剪纸人焚之，城隍爷自会明断。

宁子服隐约记得，城隍的传说是在南北朝时期兴起的。彼时恰逢战乱，被战争裹挟的百姓叫苦连连。他们渴望英雄降世，能赶走蛮夷，守护城池。于是，城隍神的形象就在人们的希冀中诞生了。城隍爷是百姓渴望安定的象征，是他们美好祈愿的具象化。

后来，人们又赋予城隍神许多传说，比如司法、审判、奖善惩恶。对于一些在世官员没能给出公道的冤案，便需要城隍神重新进行审判。古人渴望法制的公平与生活的安宁，为此，几乎每座城池都会有自己的城隍庙。

随着社会的发展与法制的完善，城隍庙的存在感变得愈加稀薄。众人皆知城隍神，却忘了，城隍爷当初代表着古人在封建主义压迫之下怎样的期盼。

看《异世录》上首页的记载，宁子服刚刚将剪纸人放在香案上的行为倒是误打误撞做对了。

这书后面还有不少内容，他草草看了一眼，一时倒是难以全部看明白。

灯笼光线昏暗，宁子服看得眼睛生疼，他暂且将书收起，决定等一下遇到不懂之事时再作钻研。香案下方，有一张略矮些的木桌子。上面铺着一层脏兮兮的白纸，旁边还零散放着几张星宿画卷。

"这应该就是状纸了……"宁子服四下寻了一圈,"出门忘记带笔了,我该拿什么写'状'字?"

他用手指蹭了蹭那用来压着状纸的砚台,里面没有墨,只有一层落灰,蹭得他手指脏兮兮的。

他得出去找笔和墨。

二

宁子服拎着灯笼回到院中。

"呵呵呵……呵呵呵……"

他听到丛林之中有人在笑,分不出男女,辨不清年龄。

他拎着灯笼追进林子,可这荒山野岭的,哪里有什么在笑的人?

宁子服踩在不知何人开辟出来的羊肠小路上往前追了几十米,最终还是因为这地方看起来过于诡异而选择了放弃。

他回头,发现草丛里丢着一个竹篓。

竹篓斜歪歪摔倒在地面,露出了里面黑漆漆的东西。宁子服小心翼翼凑过去,发现掉落在外的竟是一块长方形的墨条。这东西出现得太过及时,就像是有人知道他正缺这个,刻意送来的。

早已对这些奇异之事感到麻木的宁子服蓦地被吓出一身

冷汗，他突然觉得，自己今天所经历的一切也许是某人早已布好的局。那人在暗中引导，以莫琪的安全为诱饵，一步一步引导他来到这里。

这难道是什么全新的诈骗手段吗？

宁子服试图捋顺这些怪异之事，可脑子里面乱作一团，几乎毫无思绪。

他不知独自在家的莫琪现在如何了，他只知即便身在"局"中，自己也只能按照那个神秘老人的指示在状纸之上写明自己的诉求，这是他唯一能为莫琪做到的事……虽然现在他还没有找到笔。

宁子服拎起竹篓往外倒了倒，一块奇形怪状的黑色石头在草丛里翻滚了一个来回后停在了他的脚边——这是燧石，引火用的。他不知这东西现在有何用处，可既然有人特意"给"了自己，那自然不能拒绝对方的好意。他拎起竹篓，将刚刚四处捡来的这些东西通通装了进去。

树林里的风吹出呼啦啦的声响，灯笼里的蜡烛倒是足够坚强，兀自亮着。宁子服回到院中，将灯笼挂在了架子上。院子瞬间亮了起来，等眼睛彻底适应后，他总算看清了这小院的模样。

一条青石板铺成的小路直通城隍庙的庙门，杂草从石板旁钻出来，带有几分生生不息的倔强。这里大概许久没有修整过了，地砖上稀疏杂乱排列着许多裂纹，少说已经在此工作了几十个年份。

石板路的右手边放着一口圆墩墩的水缸，缸里的水肉眼看来还算清澈干净。想来是附近居民或是庙里工作人员的生活用水，毕竟，它旁边还架着一口巨大的锅。虽炉灶堆砌得格外简单，但这锅看起来能煮能炖，满足一日三餐应该不成问题。

宁子服走过去，发现铁锅下烧过的灰烬里有半张被烧了一半的黑白照。照片里的人被烧没了身子，只余下一对男女的脸，正目光空洞地注视着这一切。

这是聂莫琪的父母……

是宁子服先前在聂家老宅找到的那张全家福。

他从井底往上爬时，这照片不小心掉了下去……现在，它为什么会出现在这里？

三

自从意识到是有人刻意引导自己入"局"后，宁子服虽目的未改，却已能做到不再急躁。他开始谨慎小心地去观察身边的每一个线索，试图从中找到"设局人"的蛛丝马迹。

城隍庙的大门两侧各摆着一个木台子，右手边的是一块

109

面板，上面放着豆沙和已经揉好的面团。像是有人在这里做饭，可做到一半突然有事，便留下了这些烂摊子。

莫琪说过，奘铃村人逢年过节时便会在城隍庙举行祭祀仪式。从前这样做是为了祈求风调雨顺，出入平安。如今不过是依照传统，纪念先祖，追本溯源。

仪式很简单，村民会将刚出锅的豆饼供奉在城隍爷的塑像前，等仪式结束后，再将这些豆饼带回家中当作晚餐。

"浪费食物是最大的忌讳。"莫琪在介绍家乡风土人情时，如是说道。

莫琪很讨厌浪费食物，盛进自己盘子里的东西，无论多难吃都要吃完。自己实在吃不完，就分到宁子服的盘子里，然后亲自监督他吃完。

想到这里，宁子服忍不住笑出声来。

案板旁还放着一张纸，宁子服瞄一眼，发现上面写着豆饼的制作方法。

> 豆饼：将面团放在桌子上，用擀面杖擀成面皮，放入豆沙，包好，放入锅里加盖烙熟即可。

莫琪不太会做饭，唯独烙豆饼的技艺堪称炉火纯青。

在他们"确定关系的第三十天"纪念日时，莫琪第一次挽起袖子进了厨房。她信誓旦旦："我今天势必让你体验一下我炉火纯青的厨艺，不用帮忙，你等着就行。"

说完，她系好了围裙，瞧那气势，多少有些悲壮……

当然，悲壮的不是她，而是厨房。

宁子服一刻也没办法安心坐在沙发上，他顺着厨房门开的缝隙小心翼翼往里偷瞄。好消息，莫琪没有受伤，而且没有炸了厨房。

坏消息，第一道菜就煳了……

莫琪看了眼那煳得仿佛吃了就会致癌的鸡蛋饼，果断选择不再继续浪费粮食。她从厨房里面探出头来，笑眯眯问道："子服，你想吃豆饼吗？"

宁子服对这个传说中的豆饼不是很放心，但他还是说了"想"。

因为莫琪看起来正在兴头上。

他倚在厨房门外，有些讨好地问道："需要我做些什么？"

"什么都不用。"到了莫琪擅长的领域，她说话的声音都显得特别有底气，"我们村子的人，都会做这个。"

宁子服往前探了探脑袋："这是奘铃村的习俗？类似于端午吃粽子，中秋吃月饼？"

聂莫琪点头后又摇头："其实，在奘铃村的民俗传说里，豆饼一开始并不是给人吃的。"

按莫琪所述,奘铃村的民俗大致分为两种。一种是记录在册的,比如在特殊节日里要给城隍爷烙豆饼。还有一种则是依靠老人的口述,在这个无明确文字记载的版本中,烙好的豆饼是要喂给守门石像的。

听到这里,宁子服面露不解:"守门石像?什么样的石像?守的是什么门?"

莫琪将水加进面盆里,然后开始动手揉面:"家乡的老人说,奘铃村外的城隍庙里有一扇门,门后关着一些会抓小孩的怪物。那门平时是打不开的,若是误闯了,就会触怒守门人。这时想要全身而退就要用豆饼堵住守门人的嘴,让他们睁一只眼闭一只眼放误闯者回去。若是想要进入门内,须得在豆饼的馅料中加上糨糊,黏住他的嗓子,免得他给门内通风报信。"

"守门人……是石像?"宁子服表示好奇。

莫琪手里的动作微微停顿,充满疑惑地侧过头来:"这种话一听就是大人怕孩子乱跑瞎编的,你还真的相信了?"

城隍庙附近荒凉,可草地里的蛐蛐却甚是吸引人。林间常有野兽出没,孩子拉帮结伙地过去玩,家长们自然不放心。可村里的孩子自由惯了,除非他们自己不想去,否则没人看得住。

莫琪坚定地认为所谓"城隍庙传说"都是长辈编来吓唬

孩子的,她从小就不怎么信。而那附近除了能抓蛐蛐外就没什么好玩的东西了,所以她也懒得瞒着父母特意跑去那边。

宁子服自然也不信这些民俗传说,但是他听了故事就会想要听全。可莫琪知道的也就只有这些,她小声嘟囔道:"吓唬孩子只说有怪物就够了,为什么还要特意编出豆饼、糨糊这种传说来?哎呀,水好像放多了,得再加些面粉……"

说完,厨房里的两个人又是一通手忙脚乱。

宁子服低头看了眼手里的纸,豆饼的配方下面竟然还贴心附赠了糨糊的做法。

> 糨糊:将面放进锅里,加水,用勺子一直搅拌,直至熬开。

难道当真有莫琪说的那扇传说之"门"?

自己现在需要做一个豆饼以防万一吗?

四

宁子服没做豆饼,不是因为不会,而是因为没有擀面杖。他倒也没怎么将这件事放在心上,转身便去了大门左手边的台子旁。

这是一张老式的木质办公桌，因为一侧有柜子另一侧没有，所以有个通俗易懂的名字叫"一头沉"。桌子上摆着彩纸和竹条，像是用来做手工的。宁子服摸不准这东西出现在这里有什么意义，它们若是早些出现在自家小区，倒是能让他不用楼上楼下追着纸人跑了。

彩纸旁放着一本书，很薄，纯白的书封上手写了四个字——纸扎图鉴。

对照图纸用竹条扎好骨架，然后涂抹糨糊，再把纸粘上即可。

不同纸物，可看每页图纸。

再往后翻……所有纸页皆被撕毁了，空空如也。

难怪手感那么薄！

现在的宁子服完全是丈二和尚摸不着头脑，想来这些都只是村民留下的东西，于他破局无益。他伸手拉开柜子的抽屉，一个戴着瓜皮帽的纸人小孩突然从里面探出个脑袋来！

好像是……莫琪家邻居的孩子？

小孩"嘿嘿"一笑，回身便彻底钻回了抽屉里。

宁子服将抽屉整个拽了出来，没有小孩，只有一支毛笔。

一支宁子服现在正需要的毛笔……

是谁留给他的？是引他过来的人吗？还是刚刚消失的孩子？又或者其实他想多了，这毛笔原本便在，是村民用来给纸扎画图的……

宁子服选择暂且放弃思考，他收起毛笔，伸手去拉下面那层的抽屉。可惜这一层上了锁，打不开。但也多亏他将腰弯得足够低，这才发现柜子下的缝隙里还藏着一只四四方方的木匣子。很老的样式，表面有不少磨损的痕迹。但没落什么灰，从周遭环境判断，它应该是刚刚才被人丢在此地的。

宁子服打不开它，这是机关匣，想要解开，需要特定的方式或钥匙。它正上方有一个圆形的凹槽，应该便是它的锁孔。

"只要圆形的东西就能解开它吗？"宁子服转着木匣子，自言自语道，"不晓得罐头瓶盖可不可以……？"

他虽对这匣子好奇，此刻倒也没有太多执念。毕竟此行是来"告状"的，莫琪最近被这些糟心事折磨得越来越不像她自己了。早些做好那神秘老人交代的事，他也好早些回去，陪在莫琪身边。

宁子服拎着一箩筐的东西回到城隍庙内。

他磨好了墨，跟着一旁的星宿图学习了"司死星宿"的画法。一切准备就绪后，宁子服提起毛笔，试图在状纸之上写下"状"字。

他拎着笔,莫名有些犹豫。

似乎有什么事悬在心头,让他时刻惦记着。

墨水滴落在状纸上,晕染开来,但很快便彻底没了踪迹。

突然,那戴着瓜皮帽的小孩从角落里蹿了出来。没踩高跷的孩子步伐飞快,他抢走托盘上的剪纸人后便一溜烟跑远了。宁子服这才发现,城隍爷塑像的斜后方有一扇暗门,那孩子跑进去后尚没来得及把门关上。宁子服急于要去找回剪纸人,便也顾不得那门后冒出的诡异绿光,拔腿便追了上去。

然后……

宁子服竟真的见到了莫琪说过的那道"门"。

视线模糊不清的不真实感再一次缠上了宁子服,他低头揉了揉眼,再抬头,总算看清了这道门。朱漆红瓦,八卦封门。两侧翘起的房檐下各有八盏大红色的灯笼垂挂着,这里有风,它们却纹丝不动。

撑起屋檐的两根红色圆柱上贴着一副对联:

有心为善虽善不赏,无心为恶虽恶不罚

这话出自蒲松龄的《聊斋志异·考城隍》,是一个卧病在床的考生在试卷上写下的。意思是带有目的去做某件事，即便是好事也不该给予奖赏。而有些人虽然做了坏事却是无意之举，所以也不应该受到惩罚。考官传阅，表示赞赏，便封他做了河南的城隍。

这里是城隍庙，出现这对联在情理之中。可守在门前这一对石像，却让宁子服有些摸不清路数。

寻常守门之物，大多是石狮子或石麒麟，取镇宅消灾的好意境。可眼前这对石像，姿态却颇为诡异。它们长手长脚，似人非人，似猴非猴。右侧那个伸长手臂向上托举，像个大型的手机支架。若有工厂生产，销量应该不佳，毕竟拥有如此奇葩审美的买家还是少数。左侧那个肚子极大，还张大了嘴巴，像是再不马上吃点东西，就要被生生饿死似的。

这对石像，难不成便是莫琪说过的"守门人"？

但它们……应该很难称之为人吧。

宁子服盯着左侧的石像看，这才发现刚刚偷拿了剪纸人的孩子正躲在它身后。宁子服忙伸手去抓，这次孩子没跑，很轻易便被抓住了。在宁子服手指接触到小孩身子的刹那，对方再次消失不见，似春日里融化了的雪水一般。只留下那张写有聂莫黎姓名的剪纸人，缓缓飘落至地面。

宁子服哑然。算了，且当他是休息不好所以又出现幻觉了吧。

"有……什么声音?"

宁子服听到一阵子哽咽与呻吟交织的声响,他默默退后一步,发现这门前走出许多人影来。他们披麻戴孝,手持各种颜色的笏板。

蓝、绿、红、黄、黑……

这些人排着队,从左走到右,很有秩序的队伍源源不断从黑暗之处走出,仿佛永远没有尽头,不会停歇。

宁子服缓步向前,试探着想要去打开那扇被这些人拦住的门。可他们身上却似生出了无形的屏障,将他阻拦在外,完全不给他任何见缝插针的机会。

没关系,他目前首要的任务是写状纸,又不是一定要打开那扇门。

这些都是小事,只要不影响自己救莫琪,什么都是小事。

宁子服退了回去,他看不清他们的脸,也看不到他们的脚。这些戴孝之人在飘着走,宁子服的视线也逐渐变得飘忽起来。他踉跄一步,鞋尖不小心碰到了左侧"守门人"蹲着的石头台子。那雕像突然震怒,发出一阵又长又尖的吼叫声来。他捂住耳朵,若是稍微再晚些,耳膜怕是都要被这嘶吼之声给震破。

宁子服脸色惨白,自言自语:"这雕像竟然会大叫?所以才要用豆饼黏住它的嘴吗?"

他低头，发现自己刚刚踢到的那处石头墩子上有一块游鱼状的玉石正幽幽泛着绿光。他试着伸手去抠，然后，这雕像很是应景地又叫了起来。

宁子服被震得一阵头晕眼花，不只是快聋了，他甚至是有一瞬间看到了自己与莫琪这数年相处的走马灯。

看来石墩子上的玉石是这雕像的心头宝啊，若有人接近，他便会大叫。

宁子服嘴角上挑，愤愤地笑了笑，玩笑般吐槽道："你等着，等我办完了正事，一定会回来把这块玉拿走的。"

五

宁子服回了正殿，重新将剪纸人摆在托盘之上。

他顺了口气，现在终于可以写状纸了。

谁料他的笔尖尚未接触到状纸，一位眼熟的老人突然从刚刚那道门里跑出来。老人抢走剪纸人，跑进了城隍塑像后的另外一扇门里。

这屋子就这么大，怎么能有这么多道门？

而且，刚刚跑出来抢走纸人的，正是宁子服尽心尽力为其"送终"的四楼大爷。

"这……"茫然的宁子服有些崩溃，"什么情况？为什么他也要添乱,有什么原因吗?"

即便崩溃,却也不能忘记正事。宁子服当即追过去,若不是婚服过长影响行动,他恨不能直接从桌子上翻过去。可惜,还是晚了一步——追进门内的宁子服没有看到四楼大爷,而是寻到了一处……灵堂?

宁子服首先注意到的是那摆在烧纸盆旁的老式座钟。

剪纸人不知为何被放进了这座钟里,他走上前想把钟打开,却没能如愿。宁子服又仔细看了看这座钟,终于确认了一件事——这就是他之前拿去给四楼大爷"送终"的那座钟!

宁子服愈加不能理解眼前的状况。四楼大爷抱着座钟千里奔袭跑来这里,就是为了抢走用来救莫琪的剪纸人给他添堵吗?

他无奈苦笑,只得四下寻找道具,看看怎样才能打开这钟的盖子。

房间正中央有一处四四方方的石台,台子上端端正正摆着一块牌位。牌上无字,也不知这逝者姓甚名谁。牌位两旁各立着一个人形纸扎,一黑一白。

黑色衣服的位列在左,高高的直筒帽子上写着"天下太平"。他似乎在笑,可因为笑得过于拧巴,两道眉毛都被扭成了八字形,宁子服人生第一次切实地感受到,什么叫笑比哭更难看。他手里拿着一根缠了白条的木棒，传说中，这东西可为迷路之人指引方向。

宁子服上去抽走了那根棒子，倒不是说他已经穷途末路到需要借助传说指引方向了，他只是觉得……这东西摘了白条很适合做擀面杖。

等一下他要去做豆饼，糊住那石像会大叫的嘴，然后抠走它的玉佩！

站在左侧的纸扎身穿白衣，他那写着"一见生财"的直筒帽似乎比黑衣服这位还要高上些许。他脸色苍白，大张着嘴，加长鞋拔子一般的红色舌头吐露在外，手里攥着一块木牌，上面用红色颜料涂出四个大字——你可来了。

宁子服茫然，这是何人在借着这木牌同他对话？

他默默翻开《异世录》，翻至第二页：

黑白使者，赏善罚恶。

白衣使者舌长三尺，长帽写有"一见生财"，司白昼。

黑衣使者身高含帽五尺，长帽写有"天下太平"，司黑夜。

据传黑衣使者贪财，可以铜钱遮其目。

原来这二位便是城隍爷身边的使者，在民间传说中是赏善罚恶的形象，黑衣那位使者号称"黑爷"或"八爷"，白衣使者则被称为"白爷"或"七爷"。这书上所写宁子服基本都能明白，只是这最后一句显得有些突兀，是有什么特殊含义吗？

宁子服抬头，重新审视这两尊等人高的纸人。他参加过多次葬礼，灵堂内大多摆的都是鲜花与莲灯一类的清雅之物。还有一些讲究排场注重传统的，会为逝者摆上纸人或骏马。可在灵堂里面扎民间传说里的使者的，宁子服倒是闻所未闻，这难道也是荚铃村特有的习俗吗？

宁子服急于拿到剪纸人，便也不再纠结这房间的布景。他上前抽走白七爷手里拿着的木牌，然后用它的尖端对着座钟连敲带打。经过他一通溜门撬锁的努力，这座钟的盖子"啪"的一声弹开了。

不知是不是错觉，他总觉这座钟开门开得很不情愿。它似乎应该有更加温柔文雅的开门方式，可宁子服实在没时间同它走常规流程。他拾起剪纸人，走回大殿，然后将其重新放在香案的托盘上。

"这次……应该不会再有意外了吧……"宁子服默默自语，像是在给自己打气。

他提起笔，黑色的墨水滴落在纸面。这次墨迹没有消失，而是变成了红色。本该写下一个"状"字的，可宁子服在落笔的刹那间仿佛被人强行抓住自己的手，控制着他在状纸之上写出的，竟然是一个巨大的"冤"字！

一个好似还不够，接二连三地，红色的"冤"字爬满整张状纸，直至整张纸都被染红，方才作罢。

"聂莫黎？"惊出一身冷汗的宁子服也不知自己的视线该落在何处，他提高声量，"你是想说自己才冤吗？"

他伸手去够那剪纸人，这才发现那上面写着的根本不是"聂莫黎"，而是聂莫琪！

"莫琪的名字？怎么会……"

宁子服呆怔在原地，像是被抽了发条的机械娃娃，动弹不得。

今天他经历了很多离奇事，虽觉讶异，可也谈不上有多害怕。眼下他却是真的慌了，一时之间手足无措，不知接下来该做些什么。

那两道暗门后又有人走了出来。

这一次，是莫琪的双亲。他们突然出现，转而又瞬间回到门内。一个拿走了托盘上的剪纸人，另一个则带走了写状纸所用的毛笔。

"啪"的一声，有东西跌落地面，应该是二老留下的。

宁子服追上前去，像是抓住了救命稻草般求救询问：

"爸……妈……你们是想告诉我什么吗?"

等待他的是漫长的死寂与沉默,仿佛一切都只是宁子服的错觉。

宁子服弯腰捡起他们留给自己的东西:一个木头小方块,看起来好像是戏台的钥匙。

虽说不解其意,可宁子服还是很听话地去打开了戏台的挡板。木板缓缓下落,露出一块幕布来。这是用来表演皮影戏的,表演者蹲在台后操控皮影,坐在幕布另一侧的观众就会看到皮影似真人一般活动起来。可惜,台上只挂了一本直白叫作《皮影》的书,其他地方空空如也。没有皮影,也没有负责演出的工作人员。

宁子服摘下那本书,缓缓翻开。

皮影戏,最初为思念故人之戏。

昔日汉武帝爱妃李夫人故去,为解思念之情,请来民间艺人,绘李夫人于绵帛剪影之上。

剪影口吐人言,犹如夫人生还,武帝龙颜大悦。

有传闻在中元节时,在城隍庙搭建戏台,制逝者之形皮影,及与其死因相关者皮影,可知晓逝者心中不平之事。

但无人得其要领,未闻有成功者。

这话看起来文绉绉的，他只能粗浅理解大概之意——自己需要做出聂莫黎与莫琪的皮影，通过皮影的演绎，了解聂莫黎有什么放不下的事，再去帮她完成，解决今日困境。

想到这里，宁子服愤然将书摔到台子上。他既不会做皮影，也不会演皮影，而且书上已经说了"未闻成功者"，他一个普通人，怎能将希望寄托在这种子虚乌有的事情上？

宁子服离开正殿，去院子里吸了一口还算清新的空气。他太累了，脑子浑浑噩噩，视线时常模糊不清。这不，他又看到一个小孩子在对自己笑了。

等等……

好像真的是那个纸人小孩！

宁子服追过去，谁料那孩子一溜烟又钻进了"一头沉"的抽屉里。

抽屉仍是上着锁，失去耐性的宁子服去灶台旁寻了个劈柴所用的斧子，抬手便直接破了锁。他拽开抽屉，果然见到那孩子正目光炯炯地躲在里面看着自己。还没等他反应过来，这孩子便又消失不见了。

抽屉里有一枚圆形方孔纸钱，还有一枚玉制的阳鱼。

所谓阳鱼，与阴鱼相对，是太极八卦组成的部分。古人以阴阳八卦学说应对自然之变，阳鱼在左，鱼头在上。阴阳相对，按理来说，应该还有一枚阴鱼的。

玉制的阴鱼……

宁子服恍然大悟，想来那石像守着不让拿的，似乎便是那阴鱼。而这两条鱼合在一起，恰好是圆形，就像是……那个四方木匣子的钥匙！

当时的玩笑话竟一语成谶了，他还真得回去想办法把那阴鱼拿下来。

宁子服顺手合上抽屉，赫然发现那孩子正躲在抽屉下的缝隙里，冲着自己嘿嘿一笑，转身便又消失得没了踪影。

宁子服这次没想着去抓他了，算了，只当是幻觉吧……

第六章　真相

一

托已婚朋友们的福，宁子服参加过各式各样的婚礼。

中式的，西式的。教堂的，草地的……

虽说婚礼现场除了浪漫与深情，偶尔还会有些鸡飞狗跳的小插曲。可即便是新郎刚从婚车上下来便摔了个狗啃泥，日后想起时，这也不过是个搞笑且再正常不过的回忆。

宁子服深刻意识到，自己的婚礼是有些与众不同在身上的——此时此刻，他正在城隍庙内熬糨糊。大喜之日蹲在荒山野岭烧锅熬糨糊的新郎官，便是翻遍史书，都很难找出第二个。可此情此景，宁子服实在生不出什么"独此一份"的骄傲来。

他不太会弄这种原始且简易的灶台，燧石磨了半晌也打不着火，柴火捅了半晌也烧不热锅。

"给我燧石做什么？直接给个打火机不好吗？"

宁子服嘴上抱怨，手上的动作倒是没停。又连着试了几次后，火苗总算是烧起来了。细弱的火苗缓缓向外燃烧，恰似盛开的莲花般将铁锅紧紧包围其中。

铁锅很快便已温热，宁子服手忙脚乱将刚刚寻来的面团扔进去，又按照那配方上教的法子往锅里添了一钵净水。他蹲在铁锅旁，用灶台边上放着的长柄勺子将面团与逐渐滚烫的热水搅和在一处。面团吸收了水分，受热后逐渐融化开来，黏糊糊地扒在勺子上，宁子服费了好半晌的力气才把糨糊全都舀出来，晾凉，包进了白纸里。

宁子服熬完糨糊，忙又去包豆饼。

他有些累了，脑子逐渐开始飘忽。

虽说手中正认认真真揉着面团，可思想早已不受控制四散飞了出去。听说上了年纪的人都喜欢追忆过往，宁子服想，等自己老了，必然也要和莫琪一起怀念青春。婚礼是"忆往昔"主题里最难分割的话题，莫琪又是很注意仪式感的。她极有可能会问：婚礼那天你都在忙什么？怎么那么晚才找到我？

如此温情的时刻，势必得讲实话。

"因为我忙着在城隍庙做豆饼、熬糨糊啊。"这句话，是宁子服预想好的回答。

莫琪应该没办法理解其中的含义。

没关系，宁子服自己也理解不了。

面原本便是揉好了的，他也不用再多做什么。只需将自己从白七爷手里抢来的那根木头棒子整理干净临时充作擀面杖，再将面团擀作面饼就好。

木棒上面齐齐整整贴了几排白色的纸条，竖直拿起时，它们会跟随风向轻微摆动。在民俗传说中，这东西存在的意义与景区导游手里的小红旗差不多，都是怕人迷路，用来指引方向的。

宁子服摘除纸条，用水将棍子清洗干净。那即将被糊住嗓子的石像若是知道他在给它做饭时如此讲究厨房卫生，怕是要被感动得痛哭流涕吧。

宁子服擀平面饼，将豆沙混着糨糊一并包了进去。

他做面食的手艺一般，试了两三次才算包出一个完整圆润的豆饼来。

灶台的火没灭，但势头弱了许多，看起来病恹恹的。宁子服凭着感觉用木棍伸进去捅了捅，火势很快便又旺了起来。他趁热将生豆饼扔进去，然后盖上了锅盖。

锅内传来嘶嘶啦啦的声响，宁子服掐算着时间，约莫着差不多烙熟一面后敲开锅盖，用长柄勺将豆饼翻了个面。

嗅着面食的香气，他终于想起自己这一天都是没吃没喝的状态。眼下这里倒是有食物和水，可他做了好半晌的心理建设也不敢当真下口去吃。眼下境况实在诡异，谁知那豆沙馅和白面团里有没有掺和什么要人命的东西。他揉了揉干涩疲惫的眼，转而打开锅盖，将豆饼从锅里捞了出来。

刚出锅的豆饼热腾腾的，看卖相，与莫琪亲手做的倒是差不太多。

豆饼烫手，趁着把它放到架子上晾凉的时间，宁子服苦中作乐地给它拍张大头照。等以后有机会他要拿给莫琪看，向她展示一番这些年自己"偷师"学来的手艺。

也不知，莫琪现在吃饭了没有……

二

宁子服重新走到那扇门前。

那些披麻戴孝的人还在，他们列队飘浮向前，井然有序。他们兜帽低垂，个顶个地看不清脸。虽说场面诡异，可他们应该只是拦路，并无伤人之意。宁子服选择睁一只眼闭一只眼，只当他们是密室逃脱的NPC（非玩家角色），鬼屋游戏的气氛组。

宁子服将混了糨糊的熟豆饼喂给了左侧的大肚子石像。

石像的嘴巴动了动，将豆饼囫囵吞下。

早已习惯此处离奇诡异的宁子服此番完全没有震惊，他的脑子甚至还有时间天马行空：等他以后退休了，就和莫琪一起开一家豆饼铺子，广告词就是"奘铃村豆饼，石像吃了都说好"。

石像被糊住了嗓子，再也叫不出来了。即便宁子服当着它的面抠下了它脚底石墩子上的碧色玉佩，并在它面前抛起、放下，又晃了晃，它也只能急得干瞪眼，发不出一点儿声音来。

"这机关也不知是谁设计的，"宁子服看着石像，自言自语，"设计得还真是巧妙。"

这块玉饰，应该便是与"阳鱼"相对的"阴鱼"。它的颜色相较"阳鱼"看起来要深了些许，想来是对应了八卦学说中的黑白双色。

宁子服将二者接合起来，组成一个圆形。

看大小，正好能严丝合缝放进那机关匣的圆形锁孔中。"钥匙"放入后，木匣"啪"地弹开——一枚银灰色的钥匙正安安静静躺在其中。

然而钥匙没有钥匙齿，似乎是个半成品。

谁会把一枚半成品钥匙锁得这般机密？难不成又是刚刚那个纸人小孩的恶作剧？

宁子服随手将钥匙放进口袋，又陷入接下来不知该做些什么的迷茫。

他重新翻开了《异世录》。

不过都是些民俗传说的本土演变，读起来不算新鲜。这书若是到了老人手里，应该只有两种作用。第一，在孩子睡不着时被当作睡前故事讲给孩子。第二，在孩子不听话时用来吓唬孩子。

宁子服的视线落在书名上，迟疑许久。

所谓《异世录》，与其说是在介绍属于其他次元的"异世"，倒不如说是那扇"门"后的生存指南。而他现在所经历的一切，只怕都是有人刻意安排引导的。那这本书的存在，就不会只是巧合——有人希望他进入"门"内，也只有进入"门"内，才能查明真相，保护莫琪。

他得走进那扇门。

确认了新的目标，就会迎来新的问题——只要拦在门前的那些送葬人还在，宁子服就永远无法知道门后究竟藏着怎样的秘密。

他试了很多办法，可横冲直撞也好，绕道而行也罢，那些行人将门遮挡得严丝合缝，宁子服始终无法穿过他们。

一旁的长臂石像伸长了双手，依旧保持着托举的姿势。它脸上的神情看起来有些悲愤和不甘，就像手里原来举着什么宝贝，后来又被人夺了去。瞧它的姿势，像个手机支架似的，难不成是有人拿走了它的手机吗？

哦，这当然不可能。

他得先想办法让这些人停下来。

宁子服往院子里面走，他想要找块大些的板子当个隔断，看看能不能将那些人暂且拦住。可惜院子里面光秃秃一片，稍大些的东西只有那个水缸。即便宁子服有心把它搬走，可也实在是没有那个力气。

他转过身，看到了那块曾经拦住他的"禁止通行"的路牌。

记得在去年的秋天，宁子服和聂莫琪一起去了邻市一家还算有些名气的温泉浴场。因为不是假期也不是旺季，所以游客很少，许多区域都用立牌拦住，表示暂不开放。

莫琪披着浴巾，感觉这些"禁止通行"的牌子很是扫兴。她喝了口保温杯里自带的热水，用手肘碰了碰宁子服，神秘兮兮道："小时候常听村里的老人讲，在奘铃村，用这种路牌拦住的可不只是人。"

"不只是人？还有什么？山野精怪？飞禽走兽？"

莫琪耸肩，笑意狡黠："也许是为了拦住从后山下来的傻狍子吧。"

"奘铃村有狍子？"

"怎么没有？"莫琪默默往后退了一步，"我每天都能看见。"

宁子服这才反应过来莫琪是在调侃自己是那个满山乱跑的狍子。

他笑着蹲下去，然后撩起一捧水全都泼到了莫琪身上。

莫琪抖了抖水，咂舌道："你还真是不记仇，有仇当场就报了。"

关于自己在莫琪眼中究竟像什么其实并不重要，倒是莫琪当时说的那句话，似乎是别有深意的。

禁止通行，拦住的可不只是人……

宁子服绕到那路牌前，发现这牌子只是用螺丝固定在了栏杆上。只要有个螺丝刀子，就能把它拧下来。虽说眼下这荒山野岭的寻不到工具箱，可好巧不巧，宁子服的口袋里恰好就有一把无齿的钥匙。钥匙顶端宽窄似乎正好，他试了试，竟还真能把它当作螺丝刀。

宁子服拧下路牌，忙不迭地回到那扇门前。

他踮起脚，将牌子架在那长臂石像撑开的双手中。拿到牌子后，石像似乎是动了，它嘴角上挑，微微一笑，指尖也将东西抓得无比牢靠。送葬队伍得了"禁止通行"的命令，不得不停住了脚。突然，他们齐刷刷歪过脑袋，看向宁子服。

宁子服总算是看清了这些人的脸……啧，还不如看不清呢，他快要做噩梦了。

虽说那些兜帽下的确是人脸，可看起来却是黑漆漆一片，就像扎在田间用来吓唬偷食稻谷的雀鸟的稻草人，有人形，无人气。而后，他们齐刷刷睁开了眼，幽幽冒着绿光，仿佛要随时冲出来对着宁子服的脖颈子啃上两口。

宁子服被这样一群人瞪着，便连心跳都被吓得漏了一拍。好在他们没有当真要冲过来的意思，"嗞啦啦"，一阵老电视要死机的声音后，便全都消失不见了。

即便是梦，这也一定是宁子服这辈子做过最诡异的梦。

他试着向门的方向走去。

这一次，他终于成功摸到了那扇门。

三

前面很黑，宁子服瞪圆了眼，却是连自己伸出去的手指都看不见。

明明门外便是灯笼高悬，可它们的光似乎完全照不进门内，就像有一扇无形的墙，让"门内"与"门外"彻底划分为两重世界。

灯笼无用，手机更是无用。宁子服硬着头皮在完全不能视物的黑暗中缓步前行，没有障碍物阻拦他，也没有一些杂七杂八的东西飘出来吓唬他。他只是一直向前走，许久后，眼睛终于适应了这份黑暗……

他往前看。

原来不是自己适应了黑暗，而是前方当真有光。那里似乎是有一条河，水面平静，无波无澜，河岸上隐约有几个晃动的人影。湖蓝色的灯笼飘浮在空中，似夏日的萤火。

与之同色的莲花灯随意游动在水面，与飘浮着的八角灯笼遥遥相应。若是换个场合，应该是个很容易出圈的网红景点。

借着这些光亮，宁子服远远看清了站在河岸的人。

"这些人是……爸？妈？还有四楼的老人和那个怪小孩？"

另外，还有一位宁子服看不清脸的紫衣女人，以及一匹似乎正在抬首张望的马。

他心生疑惑，忍不住通过自言自语给自己壮壮胆子："你们怎么都在这里？"他上前，绕着这些人看了看，"我怕不是失心疯了吧，他们看上去……好像真人啊。"

宁子服不再说话了。

因为他的舌头有些僵住了。

他不敢再说下去，这地方本就阴森森的寒气逼人，若他再这样自己吓唬自己，只怕事情还没成功解决，他的心脏就会先出问题。

宁子服逐渐适应了这里的光线,也算是将眼前这些人看得更加真切了。

"老人身边的那个女人,好眼熟啊……好像和我烧掉的纸人一模一样?"

他盯着女人看,女人便也盯着他看。

女人明明没动,脸上也没什么表情。可宁子服就是觉得她在对着自己笑,笑得他脊背凉飕飕的。他脸色惨白,默默后退。他看到女人脚边放着一本书的残页,上面明晃晃写着"纸扎图纸"四个大字。

这个"纸扎图纸",难道是外面那本《纸扎图鉴》所缺的内容?

宁子服上前将其拾起,他抬眸,被那几乎没有任何波动的水面吸引了注意力。

他走过去。

水面之上,朵朵莲花盛开,点燃了蓝色的幽光。水域清澈,却不知是不是因为光线的问题,黑不见底。越是接近,便越是阴冷。就像有人用刚刚摸了冻带鱼的手,仔细抚摸过他周身的每一处毛孔。

一朵莲花飘远,露出下面的一抹红色来。

宁子服忍着寒气凑近。

水底沉着一张红衣新娘模样的皮影,看造型,似乎是……莫琪？

宁子服想要伸手去捞，可手还没碰到水面，指尖便已有结霜的先兆。

那股不自然的阴冷感迫使宁子服收回了手。

他不能直接冒险，他得找来能进入这水的容器，然后将属于莫琪的皮影人捞上来。

四

湖水边过于阴冷，宁子服搓了搓冻僵了的手，准备暂且离开此处。

他回过头去，迎面正好碰见了四楼老人的那张脸，心跳又被吓停了一拍。

咦，他为什么要说又？

"好像……他们刚才不是这个样子吧？"宁子服自言自语。

孩子踩着高跷，女人低眉浅笑。马儿低头欲饮水，老人直勾勾盯着宁子服瞧。

周遭的环境变得亮了些，站在岸边的熟人也都变成了他更为熟悉的模样。如果刚刚的他们还可以说像用纸扎出来的，而现在，他们似乎变得更加鲜活了。

其中变化最大的要数莫琪的爸妈，他们恢复了年轻的容颜，无论衣服还是发型，都与现在宁子服手里捏着的那半张照片几乎一致。唯一不同的是，照片里的他们怀里抱着襁褓中的婴孩，而现在，聂爸爸的手是自然下垂、放在身体两侧的，而聂妈妈的双臂正以怀抱婴儿的姿态抱着一块儿白色的东西。

宁子服凑近，发现是一张白衣皮影，同莫琪长得一模一样，理论上来说，她便是那属于莫琪的双胞胎姐姐，聂莫黎的皮影。

他轻声说了"对不起"，转而伸手从聂母手中拿走了皮影人。

宁子服准备离开。

临到门前，他心里悬着，生怕刚刚那些人跟过来。

可当他再次转过头去时，他的老熟人们，却又重新变回了原本的姿态。

四楼老人佝偻着腰，紫衣女人端正站好。小孩放下拨浪鼓与高跷，没有觅食成功的马也恢复了抬头张望的姿态。便连聂家父母，也不再是照片里的年轻模样。他们恢复了与自己年龄相称的容颜，对着宁子服露出慈祥的笑意来。

宁子服感觉自己就像被梦魇住了一般，迟迟无法苏醒。

他狠狠掐了一把自己的手腕，很疼，而眼前的一切也依旧还是存在着的。

宁子服转身"逃"出了那扇门。

有门内世界的对比，眼下这城隍庙的院子都让他觉得亲切了许多。

《异世录》上言：

> 门外之物无法直接进入门内，需以烈火焚烧以供门内之人所需。
>
> 门内有水，污浊阴寒，人不可触，可以牲畜代饮。
>
> 故门外人需为门内人烧牲畜代饮拦路之水，男则烧马，女则烧牛。

直白来讲，门这边的东西是不能直接拿到门那边去用的。想要什么，都需先拿出一个纸质的替代品，然后点燃烧到门内去。

所谓"拦路之水"，应该便是那条阴寒刺骨的河。想要捞出水底的皮影人，就得先往门那边烧一个纸扎的水盆。

宁子服低头看了眼手里的"纸扎图纸"，好巧不巧，这上面正巧教了纸扎盆的做法。

是有人在指引他？还是有人在算计他？

宁子服揉着太阳穴蹲坐在地面，只觉头疼得厉害。

视线模糊的次数越来越多,想来是又累又饿的缘故。他得快些找到皮影、查明真相,快点儿回到莫琪身旁。他怕再耽误下去,自己的身体和精神都会支撑不住了。

五.

有什么比大喜之日新郎官在荒山野岭熬糨糊、做豆饼更加离谱的事?

有,那就是新郎官在大喜之日的晚上蹲在城隍庙前做纸扎。

宁子服做饭水平不差,让他做豆饼倒也不算特别为难他。可做手工实在不是他的强项,布置新房时,他笨手笨脚没少给莫琪拖后腿。

"只是将裁剪好的东西粘起来而已……"当时莫琪坐在他身边,神色复杂,"你是怎么做到把它们粘成这么一个……球的?"

宁子服急于自证:"我对天发誓,我很认真,没有故意捣乱。"

莫琪伸手拍了拍他的肩,哄孩子似的安慰道:"嗯,没事,你只是技能点没有点在手上。快别拿着那个拉花不放了,剩下的我来弄就好,你去帮我倒杯水吧。"

宁子服没动。

莫琪笑出声来:"怎么还别扭上了?"

"不是我拿着它不放……"宁子服默默举起手来,如实相告,"是它粘在我手上了,拿不下去。"

莫琪微微一怔,扭身便捂着肚子笑得前仰后合。她拉着宁子服去洗手,然后一点一点帮他弄掉手上的胶。她看他的手,他看她的脸。彼时的宁子服无比期盼时间可以永久定格在那里,而现在的宁子服更是希望时间可以在那日暂停,至少不要让事态自由发展至如今这个地步!

手指被竹条扎破了,宁子服疼得"嘶"了一声。

他比照着书里的方法,用竹条扎出纸盆所需的骨架,然后用先前熬好的糨糊将白纸一层又一层地粘在上面。接连试了好多次后,宁子服总算做出了一个外表虽丑但好歹能保证水漏不出去的纸扎盆。他拿着盆子去了后屋的灵堂,欲借着屋内的火盆将这纸盆烧往门那边。

可他试了好几次,燧石都无法将纸盆点燃。

"这东西,是要烧给门里边的人的。就像邮寄快递,若是没有接收人,快递自然是无法发出的。"思考中的宁子服忍不住自言自语。

莫琪的爸妈,四楼老人,那个奇怪的邻居小孩……

在这些人里,方便当"快递签收人"的,只有爸妈最为合适。

可该如何指定爸妈为"签收人"呢？

在传统文化中，始终保留着一份对逝者的哀思与尊重。就像中元节和清明节，都是属于逝者的节日。所谓扫墓，便是要到逝者坟墓或灵位前，或是点燃香火，或是供奉鲜花。给逝者以体面，给生者以寄托。

眼前，恰好有一个没有名字的牌位……

外面有笔有墨，写个名字倒不是难事。困难的是，他叫不准岳父岳母的名字具体是哪些字，若是写到旁人那里去，那便是竹篮打水，白费心力。

宁子服摸了摸口袋，找到了那被烧得只剩下上半边的全家福。

照片，是否也能算是一种精准的联系？

宁子服试探着将手里那半张照片摆到了牌位前，还没等他试试这一次燧石能否将纸盆点燃时，那黑衣使者突然狠狠瞪了他一眼！随后，这连窗都没有的房间不知从何处刮起了一阵风，其他东西都无碍，唯独聂家爸妈的照片被吹得飘落到地面。

宁子服又试着将照片往上放了几次，可每一次都会被风吹下来。

而黑衣使者的脸色，瞧着越来越难看。

显然，是这位黑爷在阻止宁子服。

《异世录》上说黑爷贪财，想要顺利瞒过他，就得用铜钱遮住他的眼。

宁子服翻找出竹篓里的那枚纸质铜钱，抹上糨糊。

他找准时机，以迅雷不及掩耳之势飞速将其贴在了黑爷的脑瓜门上。黑衣使者就这样被糊了一脸的糨糊，宁子服很是礼貌地说了声"对不起"，转而便又去忙活照片了。

这一次，照片被四平八稳地摆在了台子上，再也没有掉下来。

宁子服终于点燃了纸盆。

等到纸盆彻底化为灰烬，他才算暂且放下心来："如果我猜得没错的话，在那个地方就能看到一个可以用的盆了吧……"

六

宁子服回到门内。

他看到，聂爸爸的脚边端端正正摆着一个铜色的盆。

虽说颜色不同、材质不同，可看起来应该就是自己刚刚费尽心力用纸扎出来的那一个。

宁子服端着盆走到河水旁。

他感觉自己现在的姿态，很像古代那种溪边浣纱的姑娘。

他蹲下，往前探了探身子，恍然发现，河水虽清，却映不出他的脸。倒是他手里端着的盆，在灯笼的光线下圆圆整整地倒映在水面上，好似月亮跌落了深井。

宁子服没再细想，他忍着那种自下而上的阴冷感将盆探入水底。试探几次后，终于将红衣皮影人捞了上来。

他试图将水从盆中倒出，谁料那水竟是紧紧扒住了盆壁，纹丝不动。

"奇怪，这水怎么倒不出去？"连续换了不同的角度、试验多次的宁子服有些泄了气，"这分明是水，却完全不遵循常理……"

盆里的水倒不出来，宁子服的手也伸不进去。

事态重新陷入一场诡异的僵局。

"故子女需为逝去老人烧牲畜，代饮拦路之水……"宁子服默默念叨着《异世录》里的话，如他先前所想，眼前的水，便是"拦路之水"。这水，人碰不得，但烧来的牲畜或许可以。

他回过头去，看到了那匹此时正在低头觅食的马。

这匹马，好像正是他按四楼老人的遗愿烧过来的那一匹。

宁子服小心翼翼将水盆放到马身前，喂猫似的哄道："喝吧。"

原本一动不动的马突然伸出了舌头,很快便将盆里的"拦路水"舔食干净。喝足之后,马儿扬起脖子甩了甩头,像是对他下达了逐客令。

宁子服自也不想在此久留,他伸手捡起盆内的皮影人,转身便以最快的速度逃到了门外。

折腾一日,不吃不喝不曾休息,等他跑回到皮影戏台时,已是累得气喘吁吁。他也没时间把气喘匀,忙不迭地将皮影人摆到了戏台上。

巴掌大小的皮影人在上了台后瞬间变成了等人高,红衣莫琪在左,白衣莫黎在右。正当宁子服手忙脚乱不知接下来该如何操作时,两个皮影人倒是自己行动了起来。

红衣皮影突然退下,只留白衣新娘在台前咿咿呀呀地演了起来。

"小女子本与夫君恩恩爱爱,正要喜结连理。"

突然,红衣皮影再次走上台前,她一把将白衣皮影推翻在地。白衣皮影软软瘫下,变得了无生气,继续唱道:"不料那未曾见过的姐姐却害我性命,假扮为我,要与夫君成婚。"

听到这里,宁子服的脸色突然变得惨白起来。

他想起先前拜堂时的种种遭遇,那一红一白两个新娘,再结合皮影的说法——他怕不是一直认错了人!

画面转换,白衣皮影重新站了起来,她逼近红衣皮影,一副寻仇姿态。

随后,两张皮影调转了位置。

她们呈对峙姿态,中间像是隔着一道透明的墙。

那白衣皮影继续唱道:"今天是小女子被害第七日,夫君又受奸人蒙骗,亲手在门前贴了那休妻之符。"

宁子服瞳孔微颤,便连嘴唇都跟着变得白了起来。

休妻之符?

他听了那神秘老人的话,在新房门前贴下两道符。有用无用暂且不论,原以为是为了保护莫琪安全的,如今看来,竟是用来断他们姻缘的?!

聂莫琪是聂莫黎,聂莫黎是聂莫琪……难道说,聂莫黎七天前便替换了莫琪?

白衣皮影的哀戚之声唤回了他的意识,他听她哀叹道:"天色愈晚,小女子愈加虚弱。怕今日一过,我二人就要永隔阴阳了……"

此声唱罢,台上的皮影便再也不动了。

宁子服趴在戏台前,大声呼唤着白衣皮影:"莫琪?是你吗?莫琪?!"

皮影仍然一动不动。

宁子服狠狠拍了拍自己的额头,强迫自己冷静下来。

眼下,事情已经再明显不过了,穿着红色婚服躲在新房里的那一位不是莫琪，而是聂莫黎。七天前，聂莫黎便调换了姐妹二人的身份，难怪他时常觉得身边的"莫琪"很是陌生。原以为她只是害怕一直纠缠她的白衣女子，抑或是因为婚前焦虑，不料竟是早已偷梁换柱李代桃僵。

而一直跟着他、处处阻碍他的白衣新娘才是真正的莫琪，她想要帮他，也曾试图自救，所以才会摧毁六葬菩萨的塑像。莫琪被调换了身份，成了不会说话的哑巴，有冤无处诉，有苦无处说。

宁子服不敢想，当时的莫琪到底有多绝望。

眼下，莫琪怕是凶多吉少……

宁子服不敢将"死"字说出口，甚至想都不敢想。

他伸手去敲戏台的幕布，用带了哭腔的嗓音喊着莫琪的名字："莫琪，怎么会这样……莫琪，你告诉我，我该如何做才能救你？"

戏台暗了下去。

皮影突然无风飘起，飞向了庙外。

宁子服忙忙追上前去："莫琪？你要去哪儿莫琪？等等我……"

他随手提起院中的灯笼，追着莫琪的皮影人一路跑至丛林深处。他沿着那条不知何人开辟出来的羊肠小径，一路追赶那一抹脆弱且僵硬的白色身影。

林间小路复杂，经过岔路口时，"莫琪"便会停下来等上一等。

周遭的环境越走越黑，可宁子服早已顾不得害怕。他踉跄追着，生怕稍有懈怠，"莫琪"便会消失不见。

穿过层层阻碍，眼前的小路渐渐变宽。

遥望远处，竟然有人在这片杂草丛生的密林里开辟出一间木屋来。宁子服四下寻觅，再不见那白色皮影人的身影。他无法，只得顺着小路向前，看看她有没有跑进这间屋子。

木屋内没有通电，只靠桌面上燃着的蜡烛进行照明。

既然有人点了蜡烛，那就代表这里是有人居住的。

宁子服没找到皮影人，视线落在桌面的照片上。借着烛火微光，他勉强看清了照片上两个人的模样："这是莫琪？不对，这是聂莫黎。边上的老太太不就是奘铃村外的那个……这到底是怎么一回事？"

"唉……孽债啊孽债，这后生执念重，终于找上家门来啦。"

苍老的声音在身后响起，宁子服回过头去，见到的正是奘铃村外坐着的那个老太太。

宁子服往门的方向挪了挪，试图占据方便逃离的有利地形。他蹙眉询问："你……到底是什么人？和聂莫黎有什么关系？"

149

老太太干咳一声，拉了一把椅子过来坐下。她缓缓道："都到这步了，我都给你说了吧……"

她抬眸，用混沌不清的眼睛注视着宁子服："我呀，懂点不入流的玩意儿。年轻的时候，接生送葬、招摇撞骗，什么捞偏门的都干。我知道自己的因果早晚要来，就一直自己过，不给别人添麻烦。"

这话听得宁子服百感交集，老太太说话太玄，什么因果报应啊，不过都是些心理暗示罢了。想来是她将自己遇见的不顺之事都归结到了"因果"上，这才觉得报应不爽，事事不顺。

老太太没注意到宁子服的表情变化，继续说道："我那阵子总不顺，总得病，也找不到根，怕是自己日子不多了。给那姐妹俩接生后，听说大的被扔了，我就把那可怜的女娃捡回来啦。"

封建迷信害人不浅，老太太生了病却不去医院，只一味地惦记着所谓因果循环。还好没有耽误病情，否则今日他们也没办法面对面说话了。

老太太叹了口气："我都是快入土的人啦，本来也得不了善终，去他什么的六葬菩萨。我能多活一天，她就多活一天吧，多活一天是一天。"

听她的意思，聂莫黎果然没死，还是活生生的人！

老太太在关键时刻抛弃了封建迷信的那一套，救回了聂莫黎的命。可她的心里应该还是怕的，所以才会说："她也算是死过一回了，只要别回家，也不会给家人带去什么灾。"

宁子服腹诽：哪里会有什么灾，若是当初带着两个孩子一起去医院，便会万事大吉，更生不出后面这许多祸事来。

"也不知道是不是成功躲过了灾，后来我就转运啦，竟然就苟活了这么多年。"老太太摇了摇头，轻声叹气道，"可能因为没爹妈在边上，从小和我躲在这屋里吧，莫黎这娃娃天性凉薄，报复心也重。我把她送到外地城里读书，以为让她看看大世界，以后就留那边了，能开心点。结果两年前不小心被她知道了身世……"

听到这里，宁子服难免跟着严肃起来。

老太太说："我有个师兄，在城里是做白事生意的。背地里什么损人利己、装神弄鬼的活计都干，都是些缺德的事。他总想收莫黎为徒，说这娃娃的命数啊，就适合学他那些本事。我一直不答应，也不让莫黎和他来往。那些事儿会折寿的！"

什么命数？什么收徒？这话听起来怎么这么像要拐卖孩子呢？还好婆婆警醒，虽说方向有些跑偏，但好在是没让聂莫黎被人拐了去。

宁子服忍不住插嘴问道："后来呢？聂莫黎去了哪里？"

"莫黎说要报仇,我劝也劝不住,吵了一架,她就去投靠了我师兄,很少回来啦。"

话音刚落,桌面上的烛火突然灭了。

屋子里整个变得黑漆漆的。

黑暗中,老太太的声音变得愈加沙哑:"也许她早就回来了,只是我不知道罢了。"

第七章　闹喜

一

老太太重新点燃了烛火。

橙黄色的火光照亮了她眼底的沟壑，映得她灰青色的面部纹路更加深邃了。

她老了，无论做什么都很慢。火柴划了三四次才勉强起了火，瞧那摇摇晃晃的烛光，宁子服只觉"风烛残年"这四个字在一个接一个地狂踹他的心口窝。他上前，扶着老太太重新坐下。老太太歇了半晌，总算喘匀了嗓子眼里的那口气。

"去年，我听说她爹娘死啦……"她看着桌面上自己与聂莫黎的合照，沉沉叹了口气，"我问她，和她有关系吗？她也不说。希望别是啊，这是大逆不道啊！"

莫琪爸妈是病逝的。

当时，莫琪接到了村里邻居拨来的电话，说老两口在院子里准备晚饭时突然晕倒了。邻居们帮忙把人送到了医院，医生说情况不太乐观，让抓紧通知家属。

宁子服连夜开车带着莫琪往医院去，莫琪坐在副驾驶，一言不发，默默掉了一路的眼泪。等他们好不容易赶到医院时，好歹算是看到了爸妈最后一眼。彼时聂妈妈拉着莫琪的手，吊着生命里最后的那口气连连唤道："莫……莫……"

事到如今，宁子服反倒不知她当时想要呼唤的究竟是谁的名字。

是自己一手拉扯养大的莫琪？还是那个尚在襁褓便被迫抛弃了的莫黎？

"前不久她回来过……"老太太的声音唤回了宁子服的思绪，他听她继续讲道，"莫黎说，该是她的，她都要抢回来，就让我找个机会去她老家，把证据都毁了。孽债啊，问她干了啥她也不说。我把莫黎拉扯这么大，不想看她坐牢，就趁中元节村里没人进了村，反正我这老命也不值钱。"

难怪老宅那边看起来乱糟糟的，想来是这婆婆分不清究竟什么算证据，便胡乱破坏了一通。枕头被子都被开了膛，便连井口的轳辘头都被扔进了库房里。到底是自己亲手带大的孩子,虽说知道自己这是在"助纣为虐",但也还是愿意为保对方平安而尽心尽力。

老太太歇了歇,继续道:"事儿没办完,就碰到个奇怪的娃娃,跟着追我,拐棍都给我抢啦,真吓人!我逃到村外去,你就来啦。"

这场面虽说离谱,可与宁子服当初猜测的相似度高达百分之八十八。他忍不住搭话:"那个孩子,好像还挺喜欢恶作剧的。"

老太太继续道:"等了挺久我又进村里看了一下,怪娃娃不在啦。我就捡了照片,拿庙里去烧,结果又撞见了你。都是命啊……"

难怪自己在城隍庙的老破炉灶前找到了仅剩半张的全家福,原来是因为老太太匆匆忙忙所以没烧干净。好在时间赶得巧,让他拾到了那半张照片。否则他便弄不到盛拦路之水的盆,也不会知道莫琪和莫黎早被掉了包。

突然,一抹白衣身影突然浮现在二人眼前!

少女站在那里沉默不语,这一次,没有任何迟疑,宁子服认出了她才是自己真正的新娘聂莫琪。

他大声呼唤"莫琪"的名字,可莫琪仍然只是静静站在那里,面无表情,没有回应。

老太太看着莫琪的脸,露出一抹释怀的笑:"你就是莫黎的妹妹啊，和你姐真像啊，看到你我就想起她了……你变成这样都怪我，杀了我吧，该是我的报应。"

许是因为年轻时做了许多违背良心的事，抑或是因为眼睁睁看着自己亲手带大的孩子走上歧路却又不知该如何劝阻。

可莫琪并没有给她这样的机会，她转身，径直走向了宁子服。

宁子服伸出手来，试图去拥抱自己的新婚妻子。

"莫琪……"

他的声音，有心疼，有委屈，但更多的是不知该何去何从的迷茫。她不在的日子，熬着实在是太累了。

莫琪没说话，她只是静静地看着宁子服，像是在努力记住爱人的样子。

倏地，她又消失了。

无声地来，无声地走，似是从未在这昏暗阴冷的小木屋里出现过。

"莫琪，你去哪儿？"宁子服想上去追，却又不知该朝着哪个方向努力。他就像迷路了的稚子，恨不能原地蹲下来狠狠哭一场，以此来表达自己的委屈。

"她怎么会出现在这儿？"老太太发现情况似有不对，声音跟着微微颤抖起来，"难道说……她还活着？"

宁子服怔然片刻，逐渐回过神来。

如果莫琪还活着，那就还有希望，一切还有回转的余地。

老太太拄着拐棍，在屋子里来回踱步。这里的空间原就狭小，有了她这来来回回的折腾，气氛看起来更显焦灼。半晌后，老太太终于停下，恍然大悟："是了，我那师兄懂个不入流的害人法子。先是让人陷入昏迷，七天过后，这人若是不醒，便再也醒不过来了，未尽的阳寿也会转移到施法之人身上。"

有些人在感受到生命无常后，便会生出想要活得更长久些的愿望。

宁子服听说过不少类似的传说，最有名气的，应该便是秦始皇派徐福出海寻求长生不老药。虽说始皇帝最终失败了，可后来人也从未放弃过对这种事的追求。正史上留下不少长生梦，当事人做这种梦的途径一般都还算正经。而那些野史杂记留存的法子，堪称五花八门骇人听闻。

就比如这所谓的"借寿"之说，就像抢了西瓜的种子嫁接在樱桃上。这不合常理，也不符合传统美德中借了便得还的逻辑。于是，"借"便成了"夺"，这强盗一般的作风听起来既封建又无耻，宁子服对此嗤之以鼻。

"这是什么缺德做派？这种骗人的把戏根本就成不了，他这样做？"一整天没吃东西的宁子服险些直接被气得昏过去，他努力保持情绪上的冷静，转而开始询问正经事，"您那师兄住在哪儿？有什么办法能把莫琪救回来？"

"他那店就在你们城里，店底下有个密室，里面藏着我师兄不少秘密，都是些上不得台面的玩意儿。我无意间见过一次，他怕我搅和他的腌臜事，便改了暗门的位置，加了道机关的锁。我也不知该怎么进，但我猜女娃八成就在那里。"说着，老太太找到纸笔，将详细地址写好，塞进宁子服手里。

老太太与师兄师出同门，心中自然有相同的"坚持"。她也认为这种"夺寿"的法子是会成功的，所以希望宁子服能来得及救出莫琪。她说了自己知道的一切，可说来说去自己知道的也不过只有这些而已。

老太太轻声叹息："但怎么破这法子我就不知道了。"

宁子服想，倒也不用刻意去"破"什么法门，只要自己寻到莫琪，然后将她从那囹圄之地救出便可万事大吉。

老太太继续道："算算日子，今天是第七天，是时限的最后一天……时间不多了，你必须抓紧时间。"

宁子服道了声谢，转身跑出了小屋。

望着他的背影，老太太忍不住摇首感叹："唉……孽债，孽债啊……"

天色昏暗，烛火明明灭灭。老太太忍不住拿起桌面上的照片，她用粗糙的手指轻轻摩挲着少女那始终不爱笑的脸。

莫黎的脸生得特别好看，若她愿意多笑笑，应该不比电视里那些明星差上几分。可惜，她的命运注定让她无法养成爱笑会笑的开朗品性。

莫黎命苦。

莫琪命也苦。

聂家夫妻的命又何尝不苦？

"复仇后，你便会开心吗？"她看着照片，轻声呢喃。

这是自己同莫黎唯一的合照。

那一年，莫黎就要去城里读书了，独自熬过大半辈子的老太太突然明白了何为真正的寂寞。她连夜找了照相师傅，帮自己和莫黎合了影。

摄影师说："来，咱们笑一笑。"

她自己笑得很开心，可惜，莫黎依旧沉着一张脸。

摄影师放下相机，又劝了一次："笑一笑呗，想想开心事儿，笑起来拍出来的照片才会好看！"

"没关系的。"老太太笑着打了圆场，"我家这女娃，不笑也好看。"

等她学会发自肺腑地笑了，那一定会更好看。

二

零点将至，这意味着莫琪距离危险又近了一分。

宁子服将车开得飞快，如果不是性能有限，这车怕是要脱离地心的引力，一路飞回城里。好在这个时间路上几乎没车，不然以他现在的车速，多半会引发交通事故登上明早的社会新闻。

按照老太太给的地址，宁子服找到了那家殡葬用品商店。

如今城市里的殡葬商店愈加少了，除医院附近还有零星散落的几家外，余下的几乎都开在郊外。先前为父母操办葬礼时，宁子服倒是也跑过几家丧葬店。经营者们都有自己的忌讳与规矩，所以大多不会营业到太晚的时间。他记得自己去买纸扎那家店的灯几乎整夜都是亮着的，老板也说不清其中的缘由，只说大家都这样做，自己不过是跟着有样学样罢了。

"图个心安。"老板说笑道，"点一盏灯在这儿，也免得有人走在这荒山野岭，寻不到路。"

老太太师兄的殡葬店开在了老城区，那里住户不算多也不算少。眼下这个时间，昼伏夜出的老鼠都恨不能回窝睡个美毛觉，除了宁子服这个眼圈比夜还黑的倒霉新郎外，这里安静得连个能扑棱翅膀的苍蝇都没有。

殡葬铺子此时未曾营业。

里面没开灯,门外没上锁。

宁子服贴在窗户上面往里瞧,只觉黑洞洞的,像是海底的异兽在潜水员的身后悄悄张开了深渊巨口。任谁都看得出里面的危险,可眼下的宁子服便如前往西天求取真经的唐三藏,莫说前方耸立着的只是寻常龙潭虎穴,即便是连孙悟空都九死一生的小雷音寺,他也得进去拜一拜,闯一闯。

宁子服推开了没锁的门。

他小心翼翼走进去,屋子里面很安静,听不见一点声响。他借着手机的光亮打开了屋子的灯,映入眼帘的,是一排五个站得齐刷刷的人形纸扎。它们穿着颜色各异的衣服,涂抹着鲜艳的红色嘴唇,看起来诡异又喜庆。这些纸人身后还杵放着一排五颜六色的花圈,做工细致,手艺精巧,看起来不知比四楼老大爷灵棚外的花圈要精细多少。

宁子服站在原地,没有动。

纸人们也没有动。

见惯了各种神出鬼没、健步如飞的纸人后,如今遇见这些老实巴交的,宁子服还有些不太适应。

他走上前去好奇查探,蓦然发现,这些纸人都闭着眼睛……店主手艺实在精巧,这些纸人,看着与熟睡的活人几乎没有任何不同。

像人却不是人的东西果然是这世界上最恐怖的存在，宁子服抚平手臂竖起的汗毛，自言自语地劝自己："没事，奇奇怪怪的玩意都见过那么多了，还能让这几个纸扎人吓得打退堂鼓吗？"

纸人们的左手边竖有一架老旧的书柜，说是书柜，可上面又着实没有几本能看的书。宁子服随手抽走最上面那层看起来最厚的一本蓝色书籍，想着可能会有些关于那所谓"不入流的骗人法子"的文字记录。谁料这书中看不中用，拿在手里轻飘飘的，竟然只是一本模型书！

他暂且把这模型书拿在手里，想着万一出现敌情，还能当个防身武器。

柜子最下层摞着一沓姜黄色的纸，这是中元节时用来烧给先人的纸钱，殡葬商店里有这种东西不算稀奇。只是这数量说多不多说少不少，特意放在这里，不知是不是别有深意。

宁子服想不明白，头疼得厉害。

在柜子的中层，他总算找到了一本带字的书籍。

其上写道：

各色宅邸，风水之法相通。

室内风水物件数目为四，但不可分置于四方，会导致"气"无法进入。

所谓"风水",其实是古人根据自然变化衍生出的一种顺应自然的独特思想学说。古人早已发现,自然现象不可操纵,却可利用。就像农民会根据二十四节气来决定何时播种,何时插秧。搞建筑的匠人们也寻到了属于自己这一行当的规律,地基应该打多深,门窗应该朝着哪个方向。

"气"也好,"风水"也罢,其实可以理解为一个房间的温度、采光等影响舒适的重要因素。古人将这些东西记录在册,于是,便有了所谓的"风水"学说。后人加以修缮整改,这门学问的门槛逐渐变高。于是,风水学便与"神秘"二字紧紧联系在一起。现在那些懂得选址建房的,各个都要被唤上一声"高人",可实际上不过是高在了能说会道而已。

宁子服继续往下看去,这一段写的也是风水学相关知识:

镜子朝北,可拒污秽。切忌两镜方向相对,"门"会打开。

这个"门",指的可是城隍庙后的那扇门?

鞋尖不可对床,易引污秽入体。
剑宜悬挂于东或西,切不可悬挂于其他方向。
悬挂痒痒挠,可招财,勿挂于床头所向。

宁子服小时候总是喜欢往外跑,天黑了也不知道回家。妈妈为了让他早些回来,偶尔也会给他讲些专门用来吓唬小孩的故事。比如这书里提到的,鞋尖不能对着床,两面镜子不能相对……那时宁子服年纪小,被唬得全然相信了这些事。如今长大了,难免觉得好笑。鞋尖的朝向是上床的姿势决定的,至于镜子,两面对着摆放似乎着实不怎么美观。

"悬挂痒痒挠,可招财。"宁子服默默又念了一遍这个,忍不住笑出声来。

这话可不能让莫琪看见,否则他家墙上势必要被挂上一排痒痒挠。

宁子服把书往后翻:

逝者口中置物,称为"含口"。

这似乎是自古流传下来的丧葬风俗，只是现代人几乎已不再沿用此法。宁子服暂且将书放了回去，然后拿起它旁边的另外一本。

这是个画册，上面写着"京剧"二字。打开后，画有五张京剧脸谱的彩绘图。

宁子服不了解京剧，好在书上已标明这些脸谱代表的人物。红色的是关羽的脸谱，出自《华容道》。黄色的是土行孙，出自《三山关》。绿色的是程咬金，出自《贾家楼》。蓝色的是雷震子，出自《百子图》。白色的是高俅，剧目名称叫《野猪林》……难不成这里的店主平时很喜欢看京剧吗？

可是他爱看什么戏又关自己什么事？难道自己要在百忙之中抽空唱给他听吗？

宁子服拍了拍脸，摸不清状况的他准备先去寻找老太太先前提到过的那个地下室。

这屋很小，几乎一眼就能看到头。只在明面上看，宁子服完全找不到所谓地下室的入口。唯一可疑的就是那块红色的地毯，这毯子虽说老旧，可纹路看起来又很精致，与整个铺子的装修看起来有很强烈的割裂感。他搬开毯子上压着的椅子，弯腰卷起了地毯。

果然，毯子下面不是那种灰棕色的地砖，而是放着一块菜窖盖子似的木板。

木板上雕刻着五张京剧脸谱,与那本《京剧》书里画着的正好一一对应。宁子服伸手去戳了戳,发现这些脸谱都是活动的机关。

脸谱下还写着一串意义不明的数字——35124253。

这里应该是地下室的门,而这些脸谱大概是老太太所说的,解开地下室的机关锁。

宁子服按照这串数字给的顺序按动面具,可惜没能得到开门的回应。

果然是不能这样简单的。

他又翻了一遍那本叫作《京剧》的书,可惜横看竖看也看不出哪里写着密码。

他有些焦躁——左右只是块木头板子,不如一斧头直接给劈开算了。可眼下这里毕竟属于私人领域,他擅自闯进来翻翻找找倒还能找些理由糊弄过去。可若是又打又砸,便是私闯他人住宅破坏他人财物了。等老太太的师兄以此为由把他送去警察局,那他就真的是长出一百张嘴也解释不清。如此想来,直接用斧头砍耽误的时间倒是会更多。

而且这里根本就找不到斧头!

三

宁子服有些头晕。

不知怎的,自从进了这家店铺,他便觉得头晕目眩的症状变得愈加明显。

他想要出去喘口气。谁料一压门锁才发现,竟然有人在外面锁住了门!

他明明没有听到任何声响,眼下门被锁了,窗子被铝合金卷帘牢牢扣住。唯独门上留着一个四四方方的小窗口,算是他与外界唯一接触的方式。

外面很黑,隔着小窗几乎什么也看不到。只有那轮看着很远很远的月亮,又圆又亮。宁子服一时之间分不清,自己究竟是醒着,还是一直在做一个很可怕的梦。

他被困在密室之中,进得来,出不去。

说得好听些,这是请君入瓮。说得难听些,这便是瓮中捉鳖。

宁子服苦笑,倒也没有过多的恐慌。所谓既来之则安之,他还是得先找到地下室,找到莫琪。

他转身,这才发现被锁死的窗子前还横放着一口巨大的木制棺材。

棺材里面传来窸窣声响，他小心翼翼走上前去……随着"砰砰"两声，两枚左右对称的血手印赫然浮现在棺材的盖子上！

"什么声音？"宁子服已顾不得害怕，扒着棺材边，大声问道，"莫琪，是你吗？"

没有回应。

宁子服试图打开棺材，棺材板子被钉子死死钉住，根本就打不开。

他试图用手拔开钉子，可指腹都被磨破了皮，钉子依旧纹丝不动。

他需要一个能拔掉钉子的起子。

宁子服四处看了看，发现墙边有个放杂物的柜子。

柜子是那种古早的老旧款式，虽说门把手用绳子绑了死结，但因为挡板是透明玻璃的，所以即便不打开柜子，也能看清里面的东西——一双红色的绣鞋，几套红色的寿衣。丧葬之事不都忌讳红色吗？难不成红色成为最近的流行趋势？

柜子上方的抽屉被上了锁，可能是存了比较珍贵的东西。宁子服用力拽了两次没能拽开，愈加觉得工具箱没有被放在这里了，毕竟，谁会将钳子、螺丝刀一类的东西锁出这种传家宝一般的架势啊？

他继续往上翻，翻出一个木匣子。

木匣也被上了锁……这屋子里怎么会有这么多锁？店主人的传家宝当真能有这样多？

宁子服回头看了一眼棺材，生怕是莫琪被困在里面的他再难控制自己的焦躁，他拿起木匣，将锁扣对准墙壁，连续敲打几次后，匣子终于表示"投降"，"啪"的一声弹开了。

里面放着一枚小巧的银色钥匙。

用一把锁保护一枚钥匙，他不能理解，只能瞎猫碰死耗子地用钥匙末端去撬棺材上的那枚钉子。

理所当然地，他失败了。

宁子服劝自己冷静下来。

这钥匙，打不开门，打不开窗，也打不开玻璃柜上的这个抽屉。可它既然被保管得如此郑重，那必然是个有用的东西。宁子服抬起头，四处查看。他发现，花圈后贴着的画报旁有一个长方形的灯光开关控制器。他试着将钥匙插进主控制台的锁孔，竟当真将其打开了。开关分有"OFF""1""2""3""4""5"这几挡，现正处于"OFF"阶段。

屋子很暗。

宁子服将按钮调节至"1"，可屋内的灯光却没有丝毫的变化。

他正茫然时，却发现门上那小窗口处传来些许亮光。

这开关，控制的是门外的灯？

169

宁子服走到窗前，发现外面的灯果然亮了起来。蓝色的光，不怎么亮，在黑夜里让人毛骨悚然。不远处站着一个人，看身形，应该是个女人。她梳着黑色的披肩长发，穿着一件看起来又灰又粉的对襟寿衣。

宁子服想着或许可以让她帮自己从外面打开殡葬铺子的门，于是，他敲了敲玻璃，试图吸引对方的注意力。

可女人只是静静站在那里，看起来了无生气。

外面还是太暗了，宁子服看不清对方的模样，无法获得更多的线索。

于是，他将灯光的开光调节至"2"挡。

这一次，蓝光变成了绿光。

女人突然平移到宁子服面前，他们之间的距离极近，若非有那一层玻璃隔着，怕是要来个脸贴脸……倒也不能说得如此绝对，毕竟他实在分辨不出她那乌黑油亮的秀发下藏着的，究竟是后脑还是人脸。

宁子服将开关调节至"3"。

绿光转换为红光。

女人的身影又靠得近了些……这个灯光，会吸引她走进铺子吗？那是不是可以趁她打开门时敲掉门上的锁，以防再有人来断了自己的后路？

宁子服将开关调到了"4"。

他凑到窗边看,红光变为黄光,而刚刚那个女人,却突然消失不见了。

"奇怪,刚才那个人影呢?"默默念叨了这句话后,宁子服突然觉得脊背寒凉,毛骨悚然。他转过身,果然发现那个女人正站在自己身前!

她正对着自己,嘴唇红如烈焰。

虽然刚刚宁子服并没有看清她的脸,但他能确定,她便是刚刚站在窗外背对着自己的那个女人。

确切来说……是个纸人。

她突然动了,摇摇晃晃向宁子服走来。

果然,今夜没有不会动的纸人!

"越来越近了,好像是冲着我来的……"宁子服发现事情不对,神情戒备起来。

这纸人看着比他烧给四楼老大爷的那个要危险许多,宁子服全神贯注,抬起胳膊用力一挥,那纸女人便已被他一巴掌掀翻在地面。

女人瘫倒在地,恢复成再寻常不过的纸人,纹丝不动了。

四

"小友救妻之心感天动地,可惜零时将近,她怕是彻底醒不过来了。"

宁子服回身,看到了那穿着蓝色长袍的奇怪老人。

他的脸上堆满了笑,看起来慈祥又诡异。

宁子服后退一步,戒备冷笑:"果然是你!你这假道士到底想要干什么!"

老太太的师兄正是被锁在小区门外的那个神秘老人。

先是聂莫黎装神弄鬼地吓得莫琪疑神疑鬼,然后这老头儿再以"高人"的身份出现,忽悠着他们夫妻两个一步一步走进事先布置好的陷阱里。

蓝袍子老头脸色灰白,看起来身体状态很不好。任谁也想不到,这样一位看起来有今天没明天的老年人,竟能背地里搞出这许多害人的幺蛾子。他哑着嗓子笑了笑:"我受过六葬菩萨不少恩惠,带走了一个他的人,那总得送回去一个吧。更何况,我得帮我的乖徒弟啊。"

老人缓缓睁开了一直半眯着的眼。

与他那惨淡的脸色不同,他的眼神此时透出了年轻人的澄澈,似盯准了猎物的老鹰一般。他语气森然:"你运气还真好呢,要不是我进不去你们小区的大门,何必骗你代我行事。"

"什么意思?"

假道士咳了一声,继续嘲讽笑道:"还好你好骗,帮我找回了一道符,还亲自贴在家门口,换别人画这符还没那么灵呢!"

宁子服原本还算情绪稳定,听了这话后,突然便绷断了脑子里那根名为理智的弦。他冲上前去:"你这混蛋,我不会放过你的!"

"呵呵,先顾好自己的小命吧。今天这日子,我这店里煞气极重,连我都不敢在此多逗留,你却自己送上门来,"老人对宁子服的愤怒表示不屑一顾,"也罢,你且安心留下,正好跟你妻子泉下相会。"

头昏脑涨的宁子服强撑着注意力,防止自己早早露怯,让对方看出破绽。

同生也好,共死也罢,终归是他和莫琪的私事,与这老头子有何相干?宁子服发誓,一定要救出莫琪,他们两个会长命百岁。或许他们这一生只有彼此,不会生儿育女,抑或他们日后会儿孙绕膝。也许他们这一辈子都不会吵架,但也可能每天都在吵吵闹闹、鸡飞狗跳。可只要莫琪在,怎样的日子都是幸福的。

只要莫琪在……

假道士离开了。

体力不支的宁子服靠在棺材上喘着粗气,没时间理会老头的挑衅,他必须赶快找到莫琪。

得先打开地下室才行……

木板上的五张脸谱是黑白的,但《京剧》那本书上的脸谱却是有色的。它们的颜色分别是红、绿、黄、白、蓝,而刚刚灯光的变换是蓝、绿、红、黄……竟然与脸谱的颜色一致?

就剩下白色没出现过了,下一个,该不会是白色吧?

宁子服抱着试一试的心态,将开关调节至"5"。他转身去看窗口,外面的光果然变成了白色!

那打开这锁的顺序,便是蓝、绿、红、黄、白?

宁子服重新试着按了一次密码,可惜,地下室的门依旧毫无响应。

他盯着那串数字看了良久。

"35124253,最大的是'5',最小的是'1',这些数字,与门外灯光控制台的数字倒是可以一一对应。如果真的是这样……"宁子服碎碎念着,不断用手指在地面勾画着数字,"1是蓝色,2是绿色,3是红色,4是黄色,那么5便是白色。35124253,若是一一对应,那便是红、白、蓝、绿、黄……绿、白、红,再转换成这些面具颜色的排序,是14523241。"

他一边说,一边按照顺序,按动面具。

伴随着一阵吱呀声响,地下室的门,终于被打开了。

五

地下室里黑漆漆的。

借着上层透下来的光,宁子服勉强看清了这里的布局。

墙上贴满黄符,地上撒满纸钱,像是刚刚有人在这里折腾过什么事情。墙上整整齐齐供奉着四排四列的牌位,其上镌刻着的是和奘铃村所见一般无二的神秘文字。宁子服没能找到莫琪,也没看到太多有用的东西。

现在的他出不去,能活动的地方不过是这楼上楼下两层地。若说莫琪也被困在此处,那个棺材便是最可疑的。宁子服挽起袖子,准备先找到能把棺材盖子掀开的工具。

在那面贴满黄符的墙前放着一个四层高的书架,最上面那层摆着四本大小薄厚都差不多的书籍。这四本书看着像书,其实里面空空如也,都是同楼上那本一般无二的模型书。宁子服见状,果断寻了个缝隙,将自己在楼上找到的那本模型书也插了进去。

弄这么多模型书,应该是为了显得自己有文化吧。等有人上门办事时,那老头便能多给自己撑撑场面,然后多骗一些办事钱。

书架下层放着一本蓝皮书,书名被黑色的墨水牢牢遮住。

第一页写道：

将磁石放入棺材，可囚困□□，使其无法脱身。

随后以此法使其□□，首先……

宁子默默又往后翻了一页。

夺□之法

切记要立上牌位，给云篆□符，将其囚禁，以免……

书中好多内容都被墨汁涂抹，什么都看不见了，这是有人怕此法外传，所以刻意为之吗？

书上记载的这法子，与将聂莫黎抚养长大的老太太所言应该是同一种东西。不过是些哄人骗人的杜撰，却硬是被搞成这般神秘兮兮，也不知有多少没活够的会被此法忽悠得家财散尽。

宁子服继续往后翻。

□归之法

此术甚为危险，所唤之人难以制约。

此法极难成功，首先要找到风水合适之地，按此顺序摇动铜铃……

后面的具体内容依旧被墨汁涂抹了。

不知是在故作神秘，还是故事编不下去，干脆涂黑，给人留下想象空间。

护身之法

玉器：有辟邪之用，可防污秽入侵。如是……

这一页的内容，几乎全都被涂抹掉了。

如果说这些内容为真，那对宁子服而言最有用的应该便是这全都被涂黑的最后一页。这一页，也许原本记载着拯救莫琪的方法。

可惜……

"没关系。"他安慰自己，"总会有办法的。"

第八章　沉睡

一

遇见聂莫琪之前，宁子服从未想过会与人结婚生子。

在奘铃村见到聂莫琪后，宁子服已不愿再回想从前自己孤身一人时过的究竟是怎样憋闷的苦日子。"一见钟情"这四个字听起来实在有些草率，宁子服对朋友们讲起时，他们都对他将"见色起意"这四个字说得如此冠冕堂皇表示嗤之以鼻。生怕聂莫琪对此也有一样的误会，宁子服倒也不敢太快表露自己的心意。

从奘铃村回到城里后，宁子服憋了足足两天才敢拿起手机准备给聂小姐发消息。

眼下，该发什么的内容是个值得思考的话题。

"你好"太过生硬，"还记得我吗"有些轻佻，"今天的太阳可真好"似乎会显得他不太聪明。宁子服酝酿好半晌，才勉强憋出两个字来。

他问：在吗？

微信上迟迟没有回复的消息。

是没发出去？是人家的信号不好？难不成是莫琪遇到了危险，被人贩子套进了麻袋里？宁子服在房间里面左右踱步，陷入沉思。他越想越担心，越想越忧愁。若是由着他这脑袋继续胡思乱想，他怕是一整天都做不了其他事了。

十分钟后，宁子服的手机提示音终于响了。

他慌忙查看，谁料却是短信友好提醒他话费余额仅剩五块六。

宁子服瘫在沙发上，像是泄了气的皮球。

又过了三分钟，聂莫琪总算是回了消息，她说：在。

宁子服将手机抛起，接住。

落地镜里映出他的身影，他觉得自己就像一只努力开屏的雄性孔雀，正在抖搂尾巴试图求偶。宁子服搂着手机，对着镜子傻笑。他自诩小时候是个聪明孩子，长大了是个沉稳的大人。这是他第一次露出这样傻的表情，有了这样傻的举动。

还好，没有人看到。

莫琪愿意给他回复，这便是天大的好消息。伴随着好消息，问题自然而然也就跟着来了——接下来该说些什么好？

宁子服盯着手机屏幕，思索了好半晌。

他说：早上好。

于是，对方又沉默了。

二十分钟后，忍无可忍的聂莫琪发来了一连串的消息。

"现在已经快要中午了。"

"接下来是不是想要问我早饭吃的什么？午饭吃的什么？晚饭准备吃什么？"

"你到底想要说什么？"

宁子服瞬间屈服，吐出实话。

他说：我想说我喜欢你。

这话发出去的三秒内就被他撤回了，然后，他改成"我想说我想请你吃午饭"后重新发了过去。

三十秒过后，莫琪孤零零回了一个"好"字。

不知她有没有看到他撤回的那句话，他既盼着她看到，又有些害怕她看到。

毕竟，宁子服想要树立成熟沉稳的人设，他是绝对不能让莫琪将"见色起意"这种标签打到自己身上的。

然后，他们一起去吃了午饭。

宁子服先是选了一家网上好评特别多的西餐厅，据说氛围特别适合情侣约会。

情侣约会？

想到这四个字,宁子服的脸瞬间又红了起来。

可他们毕竟不是情侣,选择如此暧昧的地点,未免过于冒昧。

宁子服突然没了主意。

有句古话说得好,三个臭皮匠顶个诸葛亮。宁子服果断向大学时期的室友们求助,求他们推荐适合带女生去共进午餐的餐厅。

"这种时候的标配不就是烛光晚餐嘛!话说你们为什么要共进午餐?不都是共进晚餐吗?大白天的点蜡烛,气氛不太对吧。"

所以一男一女是不能在白天吃饭吗?是一定要在晚上点着蜡烛看彼此劳累后的焦黄面容吗?

"我知道一家麻辣烫,要去试试吗?"

这位室友母胎单身至今,显然,他也不想让宁子服脱单。

"带她去撸串啊!啤酒配烧烤,什么样的女生都能被你迷住。"

又是一位母胎单身的室友,看他这个智商,这辈子应该都很难会有女朋友。

室友们热情似火,七嘴八舌地讨论着。

可惜,没一个靠谱的。

宁子服默默关闭一堆臭皮匠的群聊,然后预约了那家看起来有些冒昧的西餐厅。

宁子服有些想不通，网上关于这家店的好评究竟是谁给出来的。粉红的灯光配着香槟色的窗帘，再加上每一道菜名诡异、尺码瘦弱的菜品……聂莫琪没有转身就走，她可真是既有教养又有礼貌。

先来上的是一道叫作"终成眷属"的蜜薯类甜品，看起来就很像宁子服去东北旅游时吃过的当地知名菜品"拔丝地瓜"。接下来是一道主菜，叫"心心相印"，其实就是把胡萝卜削成了心形。

聂莫琪全程精神状态十分稳定，只是当她在粉红色的灯光球下品尝那道看起来连牙缝都塞不满的慕斯蛋糕时，脸上的笑容看起来有些僵硬。宁子服手足无措，他知道自己一定是搞砸了，只是不知具体砸在了哪里。是这个慕斯蛋糕不好吃？还是蛋糕叫作"朝思暮想"过于露骨了？

宁子服食不知味，只觉此生就要孤独终老了。

在他漫长的煎熬中，粉红色的午餐时间终于结束了。他们一起离开，桩子似的并排站在餐厅门外。聂莫琪伸了个懒腰，很是认真地看向宁子服。

宁子服心跳漏了一拍，以为对方是要和自己说永别宣言的。

然后，聂莫琪问他："你吃饱了吗？"

"啊？"

"我吃完之后反倒是饿了。"

"哦……"

"请你去吃麻辣烫？"

"好。"

晚上回家后，宁子服仔细复盘了自己今天的表现——往好听了说，是看起来不太聪明。说得直白些，他的脑子简直就像被门夹过一样。可即便他表现得像个智障，莫琪也没太过嫌弃，她甚至还愿意带他去吃麻辣烫。这世上不会有比聂莫琪更善良的人了。

善良的人本不该遇见这些糟心的事情……

二

不知为何，宁子服突然想起了刚认识莫琪那会儿的事情。

那时他的表现实在很像试图开屏却又开不明白的孔雀，在喜欢的人面前总是会紧张的，好在确认了情侣关系后，他那副不太聪明的模样才算有所好转。

莫琪偶尔会笑着打趣他："没有我在你身边，你可怎么办啊？"

眼下，莫琪就不在自己身边。

宁子服像只没头苍蝇一样急得到处乱转，可惜依旧没能找到可以撬开棺材的称手工具。

他在地下室的暗格里翻找出一根长柄痒痒挠和一面老式小镜子，看这痒痒挠摆放的位置，应该是那老头用来招财的。

宁子服被困此地，憋了一肚子的火气，想着即便不能当真破坏老头的财运，也得给他添些心理上的晦气。于是，他果断抽走了那根藏得极其隐秘的痒痒挠。

宁子服双手用力，准备掰折老头的"招财小摆件"。

可惜掰不折，这样好的质量，不用着去撬棺材实在是可惜了。

于是，宁子服拎着痒痒挠上了楼……

就连宁子服自己都没想到，那钉子竟当真被撬动了。

棺材盖儿被轻松推开，可躺在里面的却不是莫琪。

一个纸扎的男人闭眼躺在其间，他脸色惨白，毫无血色，唯有一张嘴巴殷红如血。纸人脑袋上方贴着一张纸条，上面写着"本店概不赊账，无钱免开尊口"。

这种告示难道不该贴在店门口吗？为何要放在棺材里？宁子服不能理解，宁子服捏着手里那颗锈迹斑斑的棺材钉子，再次陷入茫然。

纸人双手摊开，摞在胸前，看动作，像是在讨要些什么。

"无钱免开尊口……"宁子服默默嘀咕着，"这是……想要钱吗？"

宁子服没带钱。

这纸人……接受转账吗？

显然是不能接受。

宁子服突然想起书架上放着一沓纸钱。

纸人收纸钱，应该正合适。他忙拿来那沓纸钱，然后很是大方地都放进了纸人的怀里。纸人收了钱，原本冷森森的脸似乎竟生出了笑。

果然没人不爱钱！哪怕这人是用纸扎出来的。

纸人缓缓张开了口，他的嘴巴里似乎藏着什么东西。

宁子服伸手去掏，寻出一小块儿方形磁铁来。

地下室那本神道道的书里写了，将磁石放入棺材，就可以将什么东西囚禁。虽然宁子服不知道这东西有什么意义，可想必也不是什么好意义，于是他默默带着磁铁一并远离了棺材。

宁子服想起了玻璃柜子上面那个上了锁的抽屉。既然痒痒挠能撬开棺材，说不定也可以用它试试——而后，他成功撬开了抽屉的锁。

抽屉锁得严实，可里面并没有放任何值钱的东西。只有一本黄色的模型书，与地下室里那几本相比，除颜色外几无二致。

宁子服拎着这本书到了地下室，随手将它和它的"兄弟姐妹"插到了一处。六本书，六个色，再来一本，怕是就能组成葫芦兄弟去镇压蛇精了。

宁子服想不通缺德老头搞这些假书放在地下室究竟是图什么。

他原来猜测怪老头是想用这些书给自己的坑蒙拐骗的缺德事业撑场面，可仔细想想，放两本《道德经》《山海经》应该都比放这些五颜六色的书壳子强。

橘、红、黄、绿、蓝、淡蓝……

这姹紫嫣红的颜色搭配，宁子服总觉得在哪儿见过。

他咬着指甲，思索半晌，恍然大悟地从地下室跑回了一层。

橘色、绿色、红色、蓝色、黄色、淡蓝色，这些不正是那一排花圈的颜色吗！

这绝对不会只是单纯的巧合。

宁子服记住排序，准备下去后对照着调换一下那些模型书的顺序。

"宁子服，你还真是个痴情人啊。"

下半截身子已经进入地下室的宁子服听到了有人在叫自

己，声音和莫琪很像，但莫琪从来不会用这样的语气说话。

宁子服重新爬上来，果然见到了聂莫黎。

她还穿着那身红嫁衣，脸上阴沉沉的，看不出情绪。宁子服与她保持着相对安全的距离："莫琪呢？"

聂莫黎没正面回答这个问题。

她抬起头，似笑非笑地道："我就站在你眼前，你找她做什么？我和她，难道不是一模一样吗？"

宁子服不愿与她纠结这些与此景无关的问题，继续问道："为什么要害你的亲妹妹？"

"我这样的娇弱女子怎么可能害人呢？那会折寿的。"她往前迈了一步，幽幽笑道，"我只是让她很安稳地睡下了而已。"

怪老头从聂莫黎身后走出来，佯装愠怒地责怪道："你这丫头，早就告诉你别心急，等过了中元节再下手。赶上这么个晦气日子，可是差点要了我的老命。"

聂莫黎懒得看他，声音慵懒："他们婚期近了，我不能等到他们完婚。再说这样师父也能早日功成，能多享好几年清福呢。"

这师徒二人一副闲话家常的语气，可说出来的话语却是句句都要置莫琪于死地。莫琪什么都没有做错，当年襁褓之中的她也只是被选择的那一个。宁子服能理解聂莫黎因命运不公产生的恨意，却又实在无法共情她对无辜孪生妹妹的无所不用其极。

他咬牙质问："聂莫黎，你怎么能这么狠心，莫琪她又做错了什么？"

"我狠心？你知道我这些年过的是什么日子吗？"聂莫黎的情绪突然变得激动起来，"我从小就一个人在树林里长大，从来不能接近村子，不能让别人看见我。我虽然活着，却活得生不如死。我又做错了什么吗？为什么我会被丢掉，为什么是我而不是她？"

她狠狠盯着宁子服，一字一顿道："她分明才是多余的那个……"

这世上出生的孩子，又有谁会是多余的呢？只是六葬菩萨害人，封建迷信害人，才害得她们两姐妹走到今天这步田地。聂家父母也好，聂莫黎也罢，他们该恨的，只有那所谓的六葬菩萨而已。怪老头是六葬菩萨的信徒，聂莫黎成了怪老头的徒弟。换句话说，现在的聂莫黎与害她至此的罪魁祸首站在了同一阵营，反过来却在怨恨没做错任何事的孪生妹妹。

难怪收养她的婆婆说这孩子不会笑。

她选错了路，恨错了人，又怎能学会随心所欲地笑呢？

聂莫黎平静下来，继续冷笑道："你知道吗？我一直在寻找活着的理由，甚至大学还学了心理学。但是没有谁能给我一个答案……"

像是看透了宁子服的内心想法，知道他是觉得她站错了队、恨错了人。她便又朝着他迈近一步，而后缓缓道："有一天，我想砸了六葬菩萨的雕像。站在它面前时，我忽然想通了。那只是个雕像罢了，欺善怕恶的是那些愚昧的人们，弱肉强食的是这个冰冷的世界。"

这话听着似乎有道理，又似乎全是歪理，宁子服一时之间也想不出该用怎样的话来反驳她。倒是那怪老头突然急了，他慌忙劝道："丫头不要乱说，那是六葬菩萨提点你了，不能对菩萨不敬啊。"

宁子服原以为这老头就是借着六葬菩萨的名来招摇撞骗，没想到他信得还挺心诚。

宁子服没搭理老头，他看向聂莫黎，问道："我理解你的愤怒，可你又为什么要介入我和莫琪的生活？你害她昏迷七日，假扮她的身份生活了七日。你既然恨她，又为何想要她的生活？以你的本事，原该可以让我一起昏迷的，又为何要放过我？"

聂莫黎冷笑出声："呵……莫琪的生活。这世界，想要的只有靠自己去争取，哪怕是不择手段。而原本就该属于我的，更是不能让别人得到。"

她走到宁子服面前，声音逐渐变得温柔起来："说起来，指腹为婚的应该是我们两个吧。她的生活应该都是我的，你也应该是我的。"

宁子服了然，聂莫黎的复仇是想夺走莫琪的一切，其中甚至包括自己。

聂莫黎懒懒地用手指钩着头饰上垂下的流苏："我暗中观察你们很久了，了解你们的一切。有时我会扮成她去见她的朋友，果然没有人能看出来不同。"她抬头，笑眯眯道，"最近几天在你身边的一直都是我，你不是也没有发现吗？我和她，对你来说也没有什么区别吧？"

自然是有区别的。

宁子服其实早就发现了"莫琪"身上有不对的地方，只是完全没有往莫琪会有一个双生姐姐这方面想。他以为莫琪只是被怪事缠身所以情绪不稳，再加上临近婚礼，新娘难免婚前焦虑。他以为是自己做得不够好，才让莫琪还不能完全相信自己。他为她的变化找足了借口，为此，没有生出任何怀疑。

聂莫黎观察着宁子服，继续说道："我觉得你还挺不错的。英俊，聪明，富裕，家里也没什么拖累。不如你把她忘了，我们两个人在一起吧。"

"不可能。"宁子服拒绝得斩钉截铁，"聂莫黎，你简直是疯了！"

他要携手共度余生的人只能是聂莫琪。

与容貌无关，与指腹为婚无关，甚至与所谓的人品性格都无关。他只是喜欢莫琪这个人，换了谁都不可以。

聂莫黎倒也没有过多纠缠，她在疯疯癫癫中笑出了一抹胸有成竹来："唉，痴情人啊，那你就和她一起去死吧。你失踪后，我这个可怜的寡妇'聂莫琪'就只有继承夫君的遗产，一个人孤零零地活下去喽……"

她要拿走"聂莫琪"的身份，她要继承宁子服的遗产。她要以"聂莫琪"的身份活在阳光之下，从此，世上再也没有那个早在襁褓就该死掉的"聂莫黎"，有的只有一生幸福却新婚守寡的"聂莫琪"。宁子服没有家人，若是失踪或死亡，遗产自然是妻子的。而聂莫黎早已将伪装聂莫琪这件事做到了炉火纯青，普通的朋友显然是区分不出的。若让她计划得逞，那这世上就不会有人再记得、再寻找真正的"聂莫琪"。这样，莫琪便是存在与肉体的双重死亡。

宁子服被这计划吓得脊背寒凉，等他反应过来时，聂莫黎师徒二人早已消失了踪影。

门还是锁着的，他出不去。

他们想让他被困在这里等死。

顾不得这些，宁子服知道地下室肯定还有秘密。这也许事关破局之法，他必须想办法先弄清楚。于是，宁子服重新又记了一遍花圈的颜色后，转身进入了地下室。

按照花圈颜色的排序，宁子服调换了那几本模型书的顺序。这果然是个机关，随着一阵不大不小的摩擦声，书柜竟一整个朝着左边移动开来。

书架后，有一处暗门……

暗门前有一块儿反光的小玩意，宁子服上前拾起，发现是一枚铜制古钱。

眼见着这暗门就要整个露出来时，书柜突然停止了移动，像是遇到了什么障碍物被卡住了。宁子服正欲前往查看，突然发现书柜后面竟直挺挺站着一个纸人！

他躲在柜子后，只露了半张脸，正微笑注视着宁子服。

这个纸人，是先前躺在棺材里的那一个？他为什么会出现在这里？是因为自己拿走了他嘴巴里的磁铁吗？

纸人盯着宁子服，嘴巴微微张开，像是想向他讨要些什么。

宁子服试图把磁铁还给他，纸人很不满，甚至还翻了个白眼。

然后，纸人继续用那种充满期待的眼神盯着宁子服看。

宁子服被盯得毛骨悚然。

纸人视线下移，看向宁子服拿着古钱的右手。

"难道他是要这枚古钱吗？"宁子服恍然大悟，正准备上前交出古钱，书柜后却突然没了那纸人的踪迹，可书架的机关依旧是卡住的。

所以，纸人还在，只是不在书柜后面了而已。

宁子服抱着试一试的心态回到一层，找到棺材。纸人果然躺在里面，怀里还抱着他刚刚给他的那一沓纸钱。

纸人的模样与先前没有半分变化，就好像宁子服在地下室看到的一切都只是幻觉而已。

宁子服叹了口气，伸手将古钱放入纸人口中。纸人缓缓闭上了嘴，面部再无狰狞之态。

"它应该不会再阻止我打开书架的机关了吧？"

宁子服回到地下室。

这一次，书架已彻底移开，露出那贴满黄符的暗门来。

三

坏消息，暗门上有密码锁。

好消息，宁子服有痒痒挠。

感谢万能的痒痒挠，虽说摆在暗格里不一定能招财，但论起撬锁，当真是件称手的工具啊！这个锁要大些，也牢靠些，可到底还是被痒痒挠给征服了。

宁子服推开门，看到身穿灰白色的嫁衣的莫琪被人安置在一张石床之上。

"莫琪，我终于找到你了！莫琪，能听到我说话吗？"宁子服扑上前去，伸手试探新娘的鼻息。

莫琪还活着，她的身体尚且温热，她的口鼻还有呼吸。可她的状态已极为虚弱，老太太说得对，若自己不做些什么，莫琪是撑不过今夜零时的。

这间密室看起来阴森森的，莫琪身下垫着一条巨大的红绸，那红绸蔓延至门口，让这本就诡异的阴暗屋子看起来又可怖了几分。红绸之上压着一副红木架子，架子上挂着五只铜铃，它们看着老旧，却被擦拭得十分干净。

这屋子的布局，处处暗合那本书里的风水之说。床头悬挂长剑，床侧贴着一面巨大的八卦镜。看来就缺一双绣鞋，便将书上那些需要注意的东西全都包揽进来了。

楼上的玻璃柜子里似乎正放着一双绣花鞋？

宁子服看着铃铛，思索道："隐约记得那本蓝皮书上说，想要将人唤醒，得按照固定顺序摇铃，可到底应该是什么顺序啊……没时间了，哪怕是死马当活马医，也只有试试了。"

他得破坏这里的布局。

宁子服没做过这种事，难免心里没底。他现在真有点儿病急乱投医，想起自己身上还带着宁家祖传的手镯，爸妈说过，那东西可保人平安。他当即走到莫琪身边，小心翼翼拉起了妻子的手："希望这个手镯可以暂时保护你。"

言罢，他轻轻将手镯戴在了聂莫琪的手腕上。

宁子服虽对风水之说并不相信，可事已至此，他不得不慎重考虑。若想破坏此处风水布局，须得让两面镜子相对，让绣花鞋的鞋尖对准床，让剑悬挂于东西之外的方向，将痒痒挠悬挂于床头的铁钉上。

还好，这些东西宁子服都能找得到。

他走上楼，用从密室墙上摘下来的短剑斩断玻璃柜上系了死扣的红绳，取出里面的红绣鞋，并将绣鞋端端正正摆在床前，鞋尖正好对准了床脚。

"莫琪，别怕，相信我。"

这话，他既是说给莫琪听的，同时也是在劝说自己那双抖来抖去的手能有点儿出息。

床上的少女没有回应，她脸色苍白，呼吸微弱，看起来与楼上那些纸人相差无几……其实差得还是挺多的，现在的莫琪甚至远没有那些活蹦乱跳的纸人有生命力。

他记得他们曾一起窝在沙发里用投影仪看电影版的《睡美人》，莫琪搂着爆米花桶，对电影内容并没有太多兴趣。她用手肘碰了碰宁子服："你说，为什么公主会被王子吻醒呢?"

宁子服被问住了。

"如果不是这个王子,换了别人来吻,公主会醒吗?比如换成青蛙王子。青蛙王子需要公主的吻让他变回人类,睡美人需要王子的吻让她苏醒,他们两个难道不该是天造地设的一对儿吗?"

宁子服干巴巴回答道:"按照你这样写,《睡美人》与《青蛙王子》大概就会合成一个叫称《青蛙救公主》的故事,那……格林兄弟就会少得到一篇童话故事的版权费。"

听了这话,莫琪在沙发上笑得前仰后合。宁子服伸手帮她扶住爆米花桶,然后很是认真地问道:"如果哪天我陷入沉睡了,你会来吻醒我吗?"

莫琪没有直接回答,只是笑得声音越来越大。她抓着宁子服的手,半开玩笑地问道:"只要宁公主需要,别说吻醒你了,让我把你扇醒也是可以的。"

现在,他们当初随口的玩笑话突然就成了真,只是彼此身份发生了对调。

莫琪公主陷入沉睡,清醒着的宁子服全程奔波却都是在帮倒忙,一通操作猛如虎,结果反倒险些害得他们夫妻两个一同丧命。

宁子服用袖口替莫琪擦了擦脸,轻声道:"别怕,我一定会救你的。"

深呼吸后，宁子服按照那本书上教的法子，开始破坏这间屋子的布局。

首先，将痒痒挠挂在床头方向。

然后，将短剑挂在八卦镜下。

最后，将先前从暗格里寻来的那面镜子摆在与八卦镜相对的地方。

配合着最先摆好的绣鞋，这间屋子的格局，已经被彻底破坏了。

不知从何处生出一股子白色烟雾，那白色的皮影踏雾而来，悬停在莫琪的身旁。

"莫琪，是你吗？"宁子服的声音微颤，"你知道摇动这些铃铛的顺序吗？"

皮影突然动了。

她抬起手臂，指向铜铃。宁子服跟着她的指示，相继摇动铜铃。皮影动作迟缓，宁子服也未有催促。终于，皮影停下了动作……

这，算是成功了吗？

墙上的八卦镜倏地亮起，随后吐出一对阴阳双鱼来。这阴鱼、阳鱼落在皮影身上，瞬间燃起了蓝色火光。皮影被烧得分裂出好几份蓝火，被接二连三吸进了八卦镜。

宁子服看着眼前突然发生的一切，有些迷茫。

或许他需要想个办法将皮影"救出来"——他得找个东西打碎八卦镜。

四

痒痒挠在溜门撬锁时有奇效，需要打砸东西时却显得格外无力。

那柄风水短剑又实在过于小巧，根本戳不到挂在高处的八卦镜。宁子服找了一圈，却是一件称手的工具都没有。他陷入无助，突然很想搞个炸弹把这里都炸了。

但是他不能。

他只能先出去找找称手的道具。

"咚、咚、咚……"

宁子服突然听到了一阵敲击声。

他循着声音小心翼翼走进去，发现这声音是从暗门外的一个木柜子里面传出来的。

柜子上了密码锁，解锁需要的不是数字，而是奘铃村那种独有的、神秘的文字。而这间地下室里供奉的那些牌位上，也雕刻着类似的文字。

"砰、砰、砰……"

突然，楼上也跟着传来了敲门声。

宁子服正准备上楼去看看，突然，一道蓝色幽光挡在了自己眼前。这好像是刚刚白色皮影被烧毁后分解出来的，可它们不是都被八卦镜吸进去了吗？这一缕是意外"逃"出来的？

蓝火缓缓飘向墙壁，照亮供奉在那里的四排牌位。宁子服想要试着去抓那火苗，火光倏地飘远，然后停在了第一排第一个的牌位前。

它在那里顿了顿，随后缓缓下滑，悬停在第三排第二个的牌位处。

接下来是第四排第一个，停顿半晌后，它缓缓上行，停在了第一排最后一个位置上。

这些特有的字符对应着柜子的密码锁……

"你是想要告诉我打开柜子的密码吗？"宁子服脑袋昏昏的，竟想试图和蓝火对话，自然不会得到回答。他也没有过多纠结，转身按着蓝火的提示，打开了那木头柜子。

柜门弹开，里面站着的是那个三番两次恶作剧的纸人小孩。

孩子伸出手，想要将手里的东西交给宁子服。宁子服上前去接，发现小孩给了他一把弹弓。

弹弓是孩子们最喜欢的玩具之一，宁子服小时候也常玩，还意外打碎过邻居家的玻璃。那天，爸妈一改从前一个唱白脸一个唱黑脸的习惯，干脆直接给他来了一套男女混合双打。然后，爸妈把他押去邻居家，让他亲自收拾了那些碎掉的玻璃碴。彼时的宁子服一边哭一边用扫帚打扫地上的碎玻璃，邻居看着有些不忍，忙劝道："小孩子嘛，哪儿有不皮的。这孩子弹弓打得准，以后没准还能有用武之地呢。"

宁子服低头苦笑，想不到邻居随口一句话，现在还就成了真。他可以用弹弓配合弹丸，打碎那面悬挂于高处的八卦镜。这孩子特意躲在柜子里拿弹弓给他，想来也是这个意思吧。

"谢谢你。"宁子服弯下腰来，由衷感谢，"小弟弟。"

纸小孩笑了，他那张惨白可怖的脸，似乎都因为这个笑突然变得可爱起来。

现在，宁子服需要找到石子一类的东西当作弹丸。

"砰、砰、砰……"

宁子服又听到了楼上传下来的敲门声。

他顺着梯子爬上去，还没等彻底上来时，便看见那个身穿紫色旗袍的纸女人正微笑着注视着自己。

宁子服心生疑惑："这不是我烧掉的那个纸人吗？怎么会在这里出现？"

纸人后退，用尽全力撞在书架子上，一个长方形的小盒子被她撞了下来。

宁子服不懂,但却知道她没有害他的意思。

"你也是来帮我的吗?"

想来,这个盒子里面也装着至关重要的东西。宁子服诚心道谢:"谢谢你们……"

若是没有这些纸人的帮忙,他也不知事情会糟糕到怎样的程度。

他拾起木匣。

可惜,还是需要密码,六位数的密码。

"砰、砰、砰……"

敲门声还在继续。

原来不是这个纸女人在敲门?

宁子服小心翼翼走到门前,他发现,聂家爸妈的照片不知被谁贴在了小窗上。

难不成是爸妈担心莫琪,想要亲自来看看?

"爸……妈……您二老放心,我一定会救回莫琪的。"

他试图取下照片,可照片却似生出触手般死死粘在玻璃上,无论如何都拿不下来。宁子服凑近,这才发现照片下压着一排红色的数字:

530862

爸妈这是在告诉自己那匣子的密码？

宁子服输入密码，果然打开了木匣，一颗看上去就挺值钱的玉珠安静地躺在其中。

难怪锁得这样严实，这才是怪老头的传家宝吧！

还挺适合当弹丸的。

宁子服再次回到密室，以玉珠为弹丸，砸碎了那面八卦镜。分解开来的四缕蓝火被释放逃出，万事俱备，现在应该可以尝试唤醒莫琪了。

第九章　重逢

一

蓝色火光相继冲出八卦镜，它们合而为一，撞向那一排铜铃。

可惜那火光只是虚火，即便用尽浑身解数，也无法将铃铛摇响。

宁子服会意，他走上前去，跟着蓝火的动作，相继摇动铜铃。铃铛发出一种古老乐器似的声响，那声音，似乎能穿透皮肉，直接诱惑人心。

密室的门被人一把推开，一袭红衣的聂莫黎脸色惨白地站在门外。她攥紧拳头，大声质问宁子服："你疯了吗？你知不知道你这样做会招惹出什么祸患？"

宁子服冷笑："你们作恶多端，才会害怕那些怪力乱神之事。我连你们这样阴险恶毒的人都不怕，还会怕那些虚头巴脑的玩意?"

聂莫黎咬牙:"疯子!"

"疯子?"宁子服守在莫琪身边,幽幽笑道,"今天莫琪若是醒不过来,咱们谁都别想活。"

站在聂莫黎身后的假道士再也不是先前那副胸有成竹的模样,他受了宁子服这招鱼死网破的惊吓,整张脸都写满了惊慌失措。

宁子服再次道:"我说过,今天莫琪若是醒不过来,咱们谁都别想活。"

现在,聂莫黎和老头急了,宁子服反倒是不急了。他笑着看向他们,声音慢条斯理:"这个咱们,包括你们,自然也包括我。"

言罢,他将铜铃的声音摇晃得越来越响。

为了莫琪,他当然不怕死,只是眼下他也没有当真想要和这些人同归于尽的意思。所谓招来不祥之类的,其实都是唬人的,他不信,自然就不怕。

不过他还是要"感谢"这怪老头对这些"煞气"莫名其妙的忌惮,如果不是他自己吓自己,只敢口头嘲讽,不敢当真走进殡葬铺子,只怕自己也没有时间找到莫琪了。

"算你狠!"老头伸手探进自己那哆啦A梦口袋一般的

袖袍内,"没想到我这个揣了一辈子都没舍得用的宝贝,要用在今天了。"

老头开始碎碎念。

宁子服也听不懂这老头具体在嘀咕些什么,只觉一连串乱七八糟的字符顺着他的嘴皮子被吐了出来。然后,他突然发力,从外面锁死了密室的门。

墙缝间吐出阵阵白烟,似晨起的浓雾,彻底模糊了宁子服的视线。宁子服回身握住莫琪的手,他生怕这老头再生出什么事端,让莫琪再次消失不见。

白雾尚未散去,密室右侧竟又生出一股子黑烟!

黑白双色交叉融汇在一处,宁子服被淹没其中,蓦然生出窒息感。

他紧紧攥着莫琪的手,脊背渗出冷汗。

怪老头大声吆喝道:"有请黑爷大驾光临!"

宁子服看向黑雾,隐约瞧见一抹黑色的身影。那人身量不高,看着略显矮小。倒是帽子奇长,似在脑瓜皮上顶了个微型的信号塔。宁子服蹙眉,只觉自己隐约好像在哪里见过对方。

隔着门,老头冷飕飕笑道:"你就留在这里等死吧!"

突然,那黑雾白雾尽皆散去,宁子服虽仍觉视线模糊,却是好歹算是看清了那黑影的模样——自己的确是见过他

205

的,这不正是城隍庙里的黑衣纸人吗?

黑衣纸人的脸上还贴着那枚纸质铜钱……与其说他模样可怖,倒不如说他看着实在滑稽。

宁子服没动,黑衣使者也没动。

宁子服动了,黑衣使者依旧没动。

被封住视线的黑衣使者,似乎是无法行动的……

对啊,他本就是个纸人,怎么可能自己行动呢?

宁子服原还有些紧张,如今倒是突然放松下来。他没有原地笑得前仰后合,便已是对这位传说人物最大的尊重了。

宁子服不再看他,转身继续将铜铃摇晃得叮当作响。

门外的老头突然慌乱:"怎么回事,为什么铃铛还在响?"

这铃铛的声音极为诡异,催得人头疼。宁子服伸手压着太阳穴,强撑着不至将眼皮彻底合上。

那黑白相间的浓雾似又重新包裹过来,同时围过来的,还有那些听不出具体是什么发出的阴鸷之声。像孩子在哭,像女人在笑,还有一些乱糟糟的叫骂和吵嚷。宁子服如置雾中,双眼视线蒙眬。隔着密室的门,他突然听到聂莫黎变得慌乱的呼喊。

"我的符……"仓皇逃窜的假道士话音未落,便跟着发出一阵声嘶力竭的尖叫来。

隔着门,宁子服看不到,只能听。

他有些茫然。

刚刚还一副运筹帷幄之态的幕后黑手二人组突然变得疯疯癫癫，像是正被野兽追在身后撕咬啃食。宁子服透过门缝往外看，他只能看到师徒在发狂发癫。除此以外，便只剩下浓得连自己脚尖都看不清的浓雾。

突然，聂莫黎冲到门前——隔着细窄的门缝，宁子服看到了她布满红血丝的左眼。

"宁子服，我便是死了也不会放过你们的！"

聂莫黎想要冲向宁子服，可她却像被一堵无形的墙给困在了原地。那"墙"推着她，不断后退。在女人的尖叫声中，那张和莫琪生得一模一样的脸在逐渐扭曲变形。

宁子服回到莫琪身边，攥紧了莫琪的手。

眼下是真有危险也好，是那两个人又搞什么新的幺蛾子也罢……

只要莫琪平安无事便已足够。

门外的尖叫声逐渐消退，取而代之的，是他可以轻易听到自己呼吸声的安静与沉闷。

莫琪的手指微微动了……

"子……服……"

新娘醒了，轻轻唤了新郎的名字。她的脸开始有了血色,她的长发似乎都渐渐恢复了光泽。她轻轻眨动双眸,似是在重新适应自己的身体。

宁子服知道,莫琪这次是真的回来了。

紧绷的神经得到了休息的机会,宁子服的身子彻底松垮下来。他瘫坐在床边,拉着莫琪的手,用几乎哽咽的声音小声道:"莫琪,你醒了,太好了……"

聂莫琪试着想要坐起来,宁子服慌忙上前伸手搀扶。

白衣新娘动了动手,试探着光脚踩在了水泥地上。她坐回床边,用手指摸了摸脖颈,然后又重新唤了一次子服的名字。这一次,她说话明显要顺畅许多。

宁子服忙上前:"我在呢。"

聂莫琪向他伸出手来,轻轻抚摸宁子服的脸颊。人类肉体的温热让她再次确信自己已经逃离了被桎梏的虚幻,她控制不住情绪,眼眶逐渐湿润起来。宁子服看到这一幕后,再也忍不住心疼。他张开手臂,试图抱住莫琪,再一次告诉她"不要怕,一切都过去了"。

谁料"久别重逢"的喜悦尚未坚持超过三秒,莫琪突然一把掐住了他的脸:"你为什么现在才来找我?"

"对不起,是我弄错了人。"宁子服被捏着脸,口齿不清地开始检讨错误。他将自己认错人的起因、过程、高潮、结尾详略得当一五一十地告诉了莫琪,并针对其中自己数次无视证据主观为"聂莫黎"便是"聂莫琪"进行找补的行为进行了深入的检讨。如果不是现场条件不允许,他恨不能原地写上一份三万字的检讨书。检讨本次,注意下次,必得保证类似的错误不会再发生在自己的身上。

聂莫琪听得头疼,她松开宁子服,叹了口气:"这事儿也不怪你……"

"不,这事儿就怪我。"

莫琪抬眼,幽幽看了他一眼。

宁子服乖乖闭上了嘴。

莫琪揉着脖子回忆道:"前段时间,聂莫黎一直在跟踪我。我原本不知道自己有一个双胞胎姐姐,就以为是自己睡眠不佳,出现了幻觉。后来,一个道士打扮的怪老头主动找上了我,说我招惹了不好的东西。想要破解,就得去荚铃村找到根源。我感觉他像个骗子,就没理他。"

听到这里,宁子服哑然失笑。

莫琪继续道:"后来也不知是为什么,聂莫黎消停了一阵子,我再没见到过她。咱们两个都以为是心理治疗起了效果,便着手准备结婚的事。有一天我自己去婚庆用品商店,结果在那里遇见了聂莫黎。她说她是我的双胞胎姐姐,我正高兴自己还有亲人在世时,那个老头突然从后面出现,用迷药迷晕了我……报警!抓紧报警,他们两个不只绑架妇女,还非法持有迷药!"

何止这些,他们还信奉邪教,传播封建迷信呢。

"现在报不了警,今天我这手机一直没有信号……"宁子服说着拿出手机,他看了眼屏幕,怔然道,"咦,信号满格了?"

二

宁子服试着拨通"110"。

"嘟……嘟……"两声后,他听到了接线员的声音:"您好,请问有什么可以帮助您的?"

"有两个疯子绑架了我的妻子,他们想弄死我们两个,顶替我妻子的身份,继承我的遗产。"宁子服顿了顿,详细给对方道,"您问怎么顶替?哦,其中一个绑架犯和我妻子长得一模一样,她们是双胞胎姐妹。你说双胞胎也没办法完全顶替对方的身份?我知道,我当然知道,可那个绑架犯不知道。她要是真的知道,又怎么可能想出这种知法犯法的主意?"

告知对方详细地址后,宁子服暂且挂断了电话。

聂莫琪站起身,试着想要去推开密室的门。可那门被从外面牢牢锁住,他们依旧处于被囚禁的状态。

宁子服有些担忧:"也不知等警方赶到,还能不能抓得住他们。"

"能。"莫琪淡淡道,"他们没有能继续逍遥法外的道理。"

宁子服回头看向莫琪："与我布置新房的人……是你吧？"

莫琪"哼"了一声，不满道："当然是我！"

他们两个家里都没什么亲人，婚礼这种事，大多得靠自己来忙活。为此，二人准备的时间也比别的小情侣要长些。再加上宁子服于手工一事上没什么天赋，所以婚房里需要的那些贴画、拉花他们也是提前十天便开始筹备了。当天若不是宁子服好心帮倒忙毁了不少装饰需要的东西，莫琪也不用特意又跑了一趟婚庆商店，也不会在那里被人迷昏后关进地下室里。

这些话，她没有和宁子服说。

第一，没必要平添宁子服的愧疚。

第二，即便那天她不去，聂莫黎也一定会在其他地方等着她。猎豹盯准了猎物，还会在意捕猎地点是河边还是森林吗？

宁子服多少也猜到了这一点，他沉默半晌，轻声检讨："对不起，这事儿都怪我……但是我今天在做手工这方面取得了很大的进步，我已经学会用纸糊脸盆了。你这个眼神是不信的意思吗？我可以现场给你糊一个。"

莫琪摸了摸有些干涸的下嘴唇："我不是不信你，我就

211

是在想，你是不是也被下了什么药？我怎么感觉你今天脑袋不太灵光的样子？"

"也？"宁子服快速捕捉到这句话的重点，"他们给你下药了？"

莫琪伸了伸手臂："当然，不然我怎会昏睡那么久？"

宁子服蹙眉："你昏睡许久……那我在奘铃村六葬菩萨庙见到的那个白衣新娘是你吗？"

"当然是我！"莫琪回身，眼神里带着几分恨铁不成钢。

这事儿不说还好，现在提起，莫琪难免觉得委屈。

那天她在婚庆商店被迷晕后，便被聂莫黎师徒二人关在了殡葬铺子的地下室里。她清醒后见不到人，想要求救，可喊破了喉咙也没人搭理自己。想来这里地处偏僻隔音还好，她便是喊哑了嗓子，也没人能够听到。

"绑架犯"给她换了衣服——一袭白色的喜服，与自己提前定制的那套红色婚服是一个款式。这套就像是红色那套掉了色，看起来阴森森的，格外恐怖。

聂莫琪不知对方的目的，只知自己那双胞胎姐姐暂时还不想要自己性命，否则他们也不会怕她饿死，每日定时定点顺着小窗口给她配送食物。

按照他们发放一日三餐的时间，聂莫琪用手指在床角的灰尘里写"正"，计算着日子。

第三日，聂莫黎出现了。

她推开门，走进来，身上穿着聂莫琪平日里爱穿的衣服，脸上的表情也与平日里的莫琪毫无二致。

莫琪坐在床边看着她，只觉像是在照镜子。

"你想做什么？"如此诡异的景象，莫琪难免警觉，"你是要……占用我的身份？"

"占用？"聂莫黎冷笑着恢复了她本来的清冷神色，"明明我才是先出生的那个，按照顺序，应该被抛弃在城隍庙的人是你。难道不是你占用了我的身份？夺走了我的一切？"

尚不知晓事情来龙去脉，聂莫琪有些怔然："被抛弃在城隍庙？"

"看来他们什么都没和你说过。"聂莫黎走到聂莫琪身前，缓缓俯下身来，"那些陈年往事倒也不必一一让你知道，你只需要清楚你现在所拥有的一切都是抢了我的便好。"

对于聂莫黎这种说话只说一半的行为，莫琪表示十分鄙视。若非此时受制于人，她定要好好告诉对方把话说全才是做人最基本的礼貌。

莫琪别过头去，懒得继续与对方僵持这个话题。

谁料莫琪不再好奇，反倒刺激出了聂莫黎的倾诉欲。她伸手，掐住孪生妹妹的下巴，强迫她继续和自己探讨陈年往事："因为六葬菩萨不喜欢双胞胎，所以荛铃村的人也不喜欢双胞胎。爸妈怕冲撞了六葬菩萨，便将我丢进了城隍庙，任由我自生自灭。若不是汤婆婆将我捡回去，咱们两个怕是也没有再见的机会了。"

聂莫琪幼时也曾听说过所谓六葬菩萨的忌讳，只是从未当真。想不到这般子虚乌有之事，竟当真有人会信？

"只怕其中还有波折和误会，你……"

莫琪的话还没说完，就被聂莫黎打断了。莫琪看着那张与自己一模一样的脸逐渐扭曲，吓得不自觉往后退了一步。

聂莫黎摆弄着头发，幽幽笑道："你知道吗？小时候，咱们是见过的。"

莫琪隐约记得，自己儿时曾在院子里面见过一个和自己生得几乎一模一样的少女。她被吓得连忙跑回家，同爸妈说起此事。只见爸妈神色复杂，异口同声地咬定她是出现了幻觉。都说最恐怖的东西不是山精野怪，而是那些像人又不是人的东西。想来是她白天听邻居讲了志怪故事，这才生出了这般骇人的幻觉。那时莫琪年纪小，转身便将此事忘记了。她也没想到自己当初看到的不但是个实实在在的人，甚至还是自己的双胞胎姐姐。

聂莫黎眼神空洞，继续笑道："那天，你随父母说说笑笑地回了家，我却只能回到汤婆婆的林中小屋去。那间小屋没通电也没有水，入了夜就只能依靠蜡烛才能勉强看清东西。汤婆婆怕村子里的人看到我来寻晦气，所以几乎不让我出门。我在黑暗中不人不鬼地生活了这么多年，岂是你这几日委屈可比？你可知我心里的绝望？呵，你当然不会知道。你是爸爸妈妈的好女儿，他们哪里舍得你受那样的委屈？"

她步步紧逼，逼得莫琪抵在墙角避无可避。

聂莫黎伸手，轻轻抚摸莫琪的脸颊："从前，世上没有聂莫黎。以后，世上依旧不会有聂莫黎。左右聂莫黎已经死了，那就让聂莫琪这个身份好好活下去。"

聂莫琪脸色惨白，她知道，聂莫黎是想彻底占用她的身份。

从前那些事情的是非对错现下已不是她需关注的重点，她不能让聂莫黎得逞，因为对方的野心一定不只是盗用她身份这样简单。

"你想顶替我又岂是一件容易的事？"聂莫琪话说得硬气，可眼神早已落了下风，"我身边的人难道就发现不了你？"

聂莫黎笑得前仰后合："三天了，你其他的朋友咱们暂且不论，你猜……你那个未婚夫有没有发现他的未婚妻已不再是从前的聂莫琪？"

子服应该是发现不了的。

虽说聂莫琪也期盼着宁子服一眼便能认出冒牌货，可刚

215

刚聂莫黎穿着自己的衣服出现时，就连她本人都有一瞬间的恍惚——也许对面那个才是真正的自己，自己的存在是虚假的。连她自己都分辨不出聂莫黎的身份，她又怎能要求宁子服快速认出那个"聂莫琪"不是真正的聂莫琪？

见莫琪不再说话，聂莫黎难免得意。她仰着脖子道："爸妈当真是疼爱你，连给你的未婚夫都选得那样合人心意。我觉得宁子服作为伴侣还算不错，放心，以后我会好好对他的。"

"他会认出来的。"莫琪的语气渐渐变得笃定，"你瞒得住一时，瞒不住一辈子。"

聂莫黎蹙眉，没有说话。

瞧她的表情，聂莫琪对自己的猜测更加确信了。

想来是宁子服这几天已经有了怀疑她的心思，只因他不知自己的未婚妻还有一个双胞胎姐姐，这才没往李代桃僵这种事情上想。等时间久了，他自然会发现自己的妻子被换了。宁子服是个犟种，发现不对会追查到底，他绝不会得过且过地混下去。

聂莫黎冷笑："他发现了又如何？到时候我可以送他下去陪你啊。"

明枪易躲暗箭难防，眼下宁子服在明，聂莫黎在暗，保不齐他就会遭了他们的算计。聂莫琪终于急了，可还没等做什么，便被聂莫黎掐着脖子塞了个药丸进嘴里。她咳了好半晌也没能将那东西吐出去，而后，她的视线模糊脑袋昏沉，整个人晕倒在地。

她努力想要睁开眼……

她想出去告诉宁子服，危险就围在他身边。

三

等聂莫琪醒转过来时，她发现自己已经说不出话了。

也不知聂莫黎喂给她的究竟是什么东西，竟然毒哑了她的嗓子。

哑了倒也没事，好歹四肢健全，还有机会逃出去。

她不能放弃。

聂莫琪沉下心来，她按时吃饭，好好休息。终于，她瞄准时机，趁着外面没人看守，用挂在墙上的那柄短剑砸开了门锁，逃了出去。

她身上没有手机，无法联系宁子服。好不容易找路人借到电话，宁子服那边却始终"不在服务区"。她看了一眼好心人手机上的时间——农历七月十六日，正是他们结婚的日子！

聂莫黎想要彻底成为"聂莫琪"，那她今天势必会以新娘的身份去参加婚礼。想到这里,聂莫琪决定立即前往奘铃村。

新的问题又来了——她没有交通工具。

聂莫琪茫然四顾,突然在殡葬铺子后院看到了一辆老式轿车。

这是那个假道士的交通工具吗?

他绑架了自己,自己抢走了他的车,这很公平。想到这里,聂莫琪果断用石头打碎了车窗,然后伸手进去,打开车门。这车很老,但也多亏它老,她才能用电影里常用的法子将车点着。油箱不是空的,零件也都可用。除聂莫琪对手动挡不算熟悉外,便也没什么缺点了。

她踩下油门,车子动了。

感谢天,感谢地,感谢她吃饱了撑的曾经特意和宁子服钻研过电影里没有钥匙也能给车打着火的法子。也得感谢宁子服从来不扫她的兴,即便有时她要做的事看起来不怎么正常。

聂莫琪赶到酒店时,新郎与"新娘"已经拜过了天地。

她的嗓子发不出声音,便只能眼睁睁看着"新娘"挽着新郎的手走进了里面的内堂。她追上前去,试图唤醒宁子服。谁料宁子服一心只跟着聂莫黎走,像是被操控着的提线木偶。

她想要直接将宁子服拉走,却被聂莫黎拦在了中间。

绑架犯瞧着被害人,神色有些恍然:"聂莫琪……不可能,难道仪式出了什么差错……导致她的魂离开了身体……"

莫琪听不懂她在说什么,只想唤醒宁子服。

聂莫黎似乎有些畏惧聂莫琪的"魂",她缓步后退,幽幽冷笑道:"可惜你追来这里也是无用,他现在是绝对认不出你的。"

宁子服的眼睛颤了颤,似乎是有了清醒的迹象,转向聂莫琪的方向:"莫琪……"

聂莫黎连忙大声喊道:"那个不是我!不要靠近她!"

想到此处,莫琪忍不住一巴掌拍到宁子服的后脑勺上:"我当时不能说话,没办法立刻唤醒你,又怕聂莫黎再将我抓回去,只能暂且逃走,东躲西藏的,勉强算是躲了过去。我一直想告诉你真相,没想到现在才算是找到了机会。那个怪老头想要多活几年,所以迷信一种所谓的夺寿之法。他想夺我寿命,聂莫黎又想占我身份,他们师徒两个一拍即合,在婚前便将我掳走了。他们一路引导你入局,是想在重新捉到我前将你困在奘铃村城隍庙的那扇'门'后。那里有机关,进得去,出不来。他那样贪心的人,自然不甘心只是夺走我的寿命,想来后续应该也很想夺走你的命。他们应该也没想到,你还能活着跑出来,还能找到那老头的殡葬铺子。"

正是因为迷信,聂莫黎师徒两个才想出了这些害人的法子。可也是因为太过迷信,他们才处处受限,如今一败涂地。

宁子服恍然大悟:"所以,你拧掉六葬菩萨的脑袋,是想提醒我这一切都是他们设计好的?"

"这只是其中一点原因,还有另外一点……"聂莫琪干咳一声,"我当时急得不行,你却在和那木头玩意较劲,我实在是生气,就给了它一巴掌。我也没想到质量那么不好,可能是村里人塑像时偷工减料了吧。"

当时她不能说话,便想着将真相写出来给宁子服看。谁料正准备找寻纸笔时,却看到一个裹着橙色头巾的老太太从门外走了过去。

聂莫琪见过这个老太太——准确来讲,是见过她的照片。

被囚禁在地下室时,聂莫琪为了逃出去,想了很多办法。她四处翻找,在一本书里看到一张有些泛黄的老照片。这是一张合照,一个男人和一个女人并排站在一处,举止亲密却不亲昵,照片下写着"日期"与他们之间"同门师兄妹"的关系。那个男人应该是假道士,至于那个女人……看起来与这老太太有七八分相似。

她出现在这儿,难道也是来抓自己的吗?

聂莫琪不敢赌,只得暂且离去。

宁子服若有所思道："你说的应该是将聂莫黎养大的那位婆婆。"

聂莫琪叹气道："我也是后来在新房那边偷听到了他们的对话，才知道那婆婆其实并不同他们一道，所以特意引导你去小木屋找她。"

在棽铃村时，莫琪听到了聂莫黎打给宁子服，让他先回新房的那通电话。她不知那师徒两个葫芦里面卖的什么药，可想来总归不会是什么好事情，唯恐宁子服遭遇什么不测，于是，她也连忙赶去了新房。

聂莫黎和老头正在楼道里面不知忙活些什么，偷偷躲在暗处的莫琪只听那老头说道："今天这日子不祥，咱们也得小心些才是。咱们占人新房、拆人姻缘，这事儿太损阴德，很容易遭到报应。等一下务必让宁子服亲手贴上'休妻符'，那就代表是他自己毁了自己的姻缘，咱们也就没什么罪过了。"

聂莫黎随口应了一声："哼，可聂莫琪的魂……"

"不必担心，等那宁子服去了城隍庙，替我们走完'仪式'，就让她魂飞魄散……"

城隍庙？聂莫琪思考半晌——他们把子服骗去城隍庙做什么？

假道士又道："可惜我师妹突然金盆洗手，否则咱们必能事半功倍。她还真是老了，一把年纪畏手畏脚的，只怕不损阴德也活不长了。"

听了这话，聂莫黎回头看了怪老头一眼，然后不咸不淡道："用不着麻烦婆婆，我与师父也能成事。"

老头继续感叹："你说那没水没电的破房子有什么好的，四外圈的除了树就是黄鼠狼。葵铃村本就荒凉，她那树林深处的破房子更荒凉，她就甘心守在那里这么多年？"

"那里确实不好。"聂莫黎淡淡道，"而我就是在那里长大的。"

他们谈论的人应该便是六葬菩萨庙外路过的老太太，是聂莫黎说起过的汤婆婆。原来，他们并不是一伙儿的吗？

莫琪从回忆中抽离，对宁子服道："我猜那位婆婆必然知晓全部真相，我不能说话，只能让你去见她。我知道他们说的那个破房子——小时候我贪玩，无意中看到过几次。但我也不能确认那里是不是那婆婆住的地方。可我也没有其他办法，只能赌一次。"

宁子服恍然大悟："所以是你操控皮影引导我去的林中小屋？"

"操控皮影的人不是我，是你自己啊。"

宁子服指着自己的鼻子，怔怔道："你说……是我操控的皮影?"

"是。"

"可明明是那皮影自己动了并告诉了我真相!"

"关于皮影,我也说不太清楚……"聂莫琪放慢了语速,"我不能说话,想写下来告诉你又怕你会不相信。你被骗去城隍庙后,我实在想弄清他们究竟打的什么主意,便也追了过去。我看城隍庙外有做手工的东西,所以剪了那两个皮影,想以皮影剧的方式演给你。后来聂莫黎来了,为了躲她,皮影不小心被我弄丢了。我不知道你是怎么把它们找出来的,可聂莫黎一直在那附近,我没办法直接去找你把东西要回来。正当我愁得不知该如何是好时,你却自己操控着皮影动了起来。"

宁子服只觉头晕目眩,完全想不通究竟发生了何事。

"皮影怎会自己动呢?"聂莫琪扶着他,小声缓缓道,"我在想,也许是你中了他们的迷药,神志始终有些不太清醒。明明是你自己发现了真相,可你却觉得是皮影告诉你的。"

这一次,莫琪的计划总算是没有落空。

好消息是宁子服知道了真相,坏消息是聂莫黎也追来了这里。

想到这里,莫琪便觉脊背发寒:"我不知道她是怎么找到我的……她似乎去了一趟殡葬店的密室，发现我不见了，因此得知我并非什么魂魄，而是自己逃出来了。我想向你求救，可还没来得及就又被她迷晕了……这一次醒来，我就看到你了。"

宁子服认真回想，自己今日的确时常觉得头昏脑涨，视线不清。他分不清幻觉还是现实，说不清今日自己所经历的一切究竟是真是假。他张开怀抱，使劲抱住聂莫琪："还好你醒过来了。"

聂莫琪被勒得"呜咽"一声："你不知道那些铃铛到底有多吵……"

"书上说那个铃铛能找回你的魂魄，我按照顺序摇了好半晌呢。"

"你还真的相信啊？那个顺序说不定根本没用，"聂莫琪干巴巴笑道，"我猜我纯粹是被吵醒的。"

迷药的功效过了，聂莫琪便逐渐恢复了意识。她脑袋昏昏沉沉，无论如何努力也睁不开自己的眼皮。感谢宁子服一直在扒拉那些响得吓人的铃铛，没有比这更适合做闹铃的声音了。

她伸手，回抱住宁子服。

清醒过来的感觉，真好。

四

警察来了,他们打开了暗室的门,救出了被困在里面的宁子服与聂莫琪。

暗室门外看起来乱糟糟的,纸钱、牌位散落得满地都是,像是刚刚遭了贼。聂莫黎和假道士躺在混乱之中,不知为何,他们都陷入了昏迷。

宁子服带着莫琪缓步走出,墙上的血手印在,那几本用来控制机关的模型书在,贴满暗门的黄符也在。宁子服问警察:"你们看得见这些东西吗?"

"看得见……"年轻的警察拿起对讲机,对外面讲道,"记得请一位精神科的医生过来,我怀疑当事人精神上受了刺激。"

宁子服沉默了。

因为他觉得如果自己强行解释自己精神没问题,那自己看起来一定更像精神有问题的样子。

夜深了,警方还在全力搜查。铺子里有不少他们师徒二人以驱邪治病为名骗人钱财甚至致人死亡的罪证,看样子,他们将会因为诈骗、绑架、冒名等罪名被检方起诉。

宁子服没再纠结这些,询问结束后,便带着莫琪暂且回了新房。

在楼下,莫琪跟着宁子服一起去祭拜了四楼老人。

"许是幻觉吧……"宁子服小声道,"可我总觉是您在帮我。"

新房门前,还贴着两道黄符,上面歪歪扭扭画着小孩儿涂鸦般的简笔画,与宁子服记忆里龙飞凤舞的笔触完全不符。宁子服慌忙上前把东西撕下来,然后心虚问道:"你看到我画这东西了吗?"

"看到了。"

宁子服:"你当时有何感想?"

聂莫琪拍了拍他的肩,安慰道:"人无完人,虽然你于画画一事上没什么天赋,但是……你也不擅长做手工啊!"

安慰得很好,下次不要再安慰了。

门开了,新房里面不知怎的也变得乱糟糟的,也许是聂莫黎发现事情不顺在这里打砸泄愤来着。

宁子服叹了口气:"算了,这里暂时住不了人,咱们去住酒店吧。"

莫琪同意了。

他们决定去换一下衣服。

毕竟现在这个时间,委实不适合穿着他们现在的装扮到处乱逛。

聂莫琪独自进衣帽间准备更换衣物时，宁子服便像块石像似的守在了门外。他说："我还是害怕，好像只要一下子不注意，你便又要消失了。"

聂莫琪探出头来："你什么时候发现我不是我的？"

大概是在第一天。

那天的"莫琪"，微笑时脸部线条极其僵硬，就像借了别人的脸。他会下意识躲开她，那时他甚至还在心底鄙视自己没有体谅莫琪的婚前焦虑。

聂莫琪不再继续纠结这个话题，她一边换衣服，一边发自肺腑道："如果当初被抛弃的人是我，如果是我在那样的环境里生活这么多年，也许我的所作所为并不会比莫黎善良。"

"也许你还是会像现在一样善良吧……"宁子服背靠着衣帽间的门，认真说道，"你会有一个对你特别好的婆婆，也会有一定会找到你的我。"

聂莫琪笑出声："这次你可是用了七天才把我救回来！"

宁子服当即宣誓："下次保证不会用这么长时间！不对，应该是我保证不会再有下一次。"

莫琪开门，从身后抱住宁子服的腰："请我吃火锅，我就原谅你。"

227

五

聂莫黎与她的师父是在医院里醒来的。

莫琪去看过莫黎,她的孪生姐姐就像丢了魂一般,除了吃和睡,几乎什么都不知道了。

"我不知道你是在装疯卖傻还是真的出了问题,可有些话,我还是想对你说。"莫琪蹲在床前,仰头看着坐在床边的聂莫黎。少女神情呆滞,本就清冷的脸上此时更是没有一点儿表情。"我不想说那些冠冕堂皇的话,我只是想说,很高兴我还有一个姐姐。而我更高兴的是,我和姐姐,现在都还活着。"

离开病房时,莫琪看到了等在门前的宁子服。

他告诉她:"心理医生会对他们进行诊断,如果是装疯,等待他们的就是监狱。如果真的疯了,那么他们后半辈子就要在精神病院度过了吧。"

谈话间,先前那个要给宁子服安排精神科医生的警察走了过来。

他告诉了二人化验结果:"经过检查,他们都服用过可以麻痹神经甚至致幻的不明药物。你和聂小姐的血液里也被检查出了类似的药物。想来是聂小姐的姐姐在以聂小姐的身份和你一起生活时，在你的饮食中下了这种药物。所以你才会产生幻觉，甚至认为自己见到了奇怪的东西。"

至于莫琪，先是被下了致哑的药物，然后又被加大剂量下了这种致幻药剂，所以才会陷入昏迷。

都是药物惹出来的幻觉……

"这一切真的都是幻觉吗？"宁子服自言自语。

"这不重要了。"莫琪拉住他的手，"咱们的婚礼被推迟了，错过了原定的良辰吉日。眼下事情尘埃落定，咱们得好好再办一场。你说，要不要把中式换成西式？"

宁子服疑惑："婚礼不用回奘铃村举办了吗？"

莫琪懒洋洋打了个呵欠："管他呢，只要结婚的是你和我不就够了吗？"

宁子服默默回握住莫琪的手："这一次，真的是你了。"

尾 声

精神病院内,聂莫黎独自坐在窗前。

"我和姐姐,现在都还活着。"

她的脑海里,回荡着聂莫琪的这句话。

都还活着……

多可笑啊。

见不得人的人生与被困在精神病院不得自由的人生,哪里能算是活着?

……

灰色太阳

一

可以做我的女朋友吗？

保温杯下压着一张对折过的纸条，上面的字迹虽丑，但写得工整，看起来很是用心。

聂莫黎随手将纸条丢进了垃圾箱，她甚至懒得动手将它揉搓成团。

坐在角落里暗中观察她动作的李良伟沉沉地叹了口气，在周围人暗暗偷笑的嘲讽声中恨不能把脑袋插进书桌里。

"谁让你不自量力？"和他挨着坐的男生偷笑着冷嘲热讽，"她要是个近人情的，还能单身到等着你写张纸条和她告白？癞蛤蟆都会想吃天鹅肉，这没问题，这至少代表你是一只有梦想的蛤蟆。可非想去吃冰天鹅就是你不对了，难道就不怕冻到嘴吗？"

于是，他们笑得更大声了。

自习室里弄出这么大的声响显然是有些不太礼貌，其他学生纷纷抬起头来看向这边，盯得他们齐齐闭嘴，笑意尴尬。

脱单梦想彻底破灭了的李同学缓了好半晌才拔萝卜似的将脑袋从书桌里面拔了出来，他眼眶通红，眼泪浮出眼球，像是雨季即将泄洪的大坝。他看向刚刚嘲讽自己的那个男生，质问道："你怎么对她这么了解？难道你以前也追过她？也被拒绝过？大家都是冻到过嘴的癞蛤蟆，谁比谁高贵啊？你是啃到过天鹅毛还是舔到过天鹅的脚，凭什么嘲讽我啊？"

男生被戳中了心事，突然变得面红耳赤起来。他恼羞成怒："你说谁是癞蛤蟆？别以为老子审美和你一样，那种一看心理就不怎么正常的冰雕女谁会喜欢啊！"

"吃不到葡萄就说葡萄酸。"李良伟已经彻底转移了注意力，眼底的委屈没了，全都变成了愤恨，"呵，不自量力的东西。"

"我呸，你……你……"

男生心虚，实在反驳不出更多的话。于是，他右手拳头挥出，直接打得李良伟的鼻血似摇晃过的可乐般瞬间迸发出去。李良伟被打得晕头转向，原地呆怔了三秒，突然反应过来，咬牙骂了句脏话后便也攥起拳头砸了过去。两个身高、体重几乎差不多的男生很快便毫无章法地扭打在一处,半斤八两的,一时之间谁也不能占了谁便宜。周遭人见了热闹,也都没办法再安心学习。有帮忙劝架的,有加入混战的,还有在一旁加油助威拍摄视频的。

聂莫黎撑着下巴低头看书,似乎这自习室的热闹都与她无关。

聂莫黎对美丑之事没有太多概念,她只是隐约觉得自己长得应该还算好看。不然也不会有那么多人向她表白,有送花的,有写情书的,还有弄来无人机在夜色下拼写她名字的。这种事情经历得多了,聂莫黎方才明白,这种类似孔雀开屏般的求偶行为,叫作喜欢。

聂莫黎主观性认为……他们有病。

面对一句话都没说过的女生就能生出这么多的爱意,这和宿舍楼下那只每到春日就嗷嗷鬼叫的公猫有何分别?

最近那只猫倒是不叫了,想来是已经死掉了。

聂莫黎低头打了个呵欠,看起来多少有些疲倦。她对男人没兴趣,她甚至不知道那个扬言要和她交往的男生究竟长了怎样一张脸。好看也好,丑陋也罢,不过都是一个鼻子两个孔。若他生得跟六葬菩萨似的,她倒是还能耐着性子去看一看。

然后……

找个机会弄死他。

想到此处，聂莫黎突然觉得内心舒展。

自习室后面依旧打得热火朝天，这个年纪的男生到底是年轻力壮身体好，都已经鼻青脸肿眼冒金星了，嗓子里倒是还能蹦出许多不重样的脏话来。

杯子空了，书看完了，聂莫黎也就没什么继续留在这里的必要了。她拿起东西，拨开人群，走出了自习室的大门。

走廊依旧听得到他们的吵闹。

打了这么久……还没打死吗？如此旺盛的生命力，师父应该很喜欢吧。糟老头子一把年纪却始终活不够，每日变着法地研究偏方追求长寿。泡脚吃药喝符水，若是有人告诉他生饮王八血能长生不老，他肯定亲下海底捉鳖，然后照着人家脖子嗷两口。

缺德。

她走至拐角处，迎面和一个男生撞了满怀。

除了被挂在手腕上的保温杯，聂莫黎怀里的东西被撞得满地都是。

好在她本人还稳稳当当地站着，没什么事。

至于对面那个拐弯还不知道减速的傻子，却是被撞得四仰八叉，仰躺在地。瞧着他手长脚长看起来还挺健壮的一个人，现下却是一动不动好似马上就要断了气似的。

聂莫黎感觉对方在羞辱自己。

她是人，不是卡车。无论主观还是客观来看，都不至于把一个年轻力壮的男人撞到昏死过去。

所以，她应该是被碰瓷了。

只要不是真死，那便不必毁尸灭迹，倒也省了很多麻烦。想到此处，聂莫黎的心情便跟着好转起来。她弯腰拾起掉在地上的书，手腕却突然被人攥住。只见那人垂死病中惊坐起，强撑着一口气奄奄一息道："放着……我……我帮你捡！"

聂莫黎顿住了动作。

啧，又来一个脑子有病的。

二

楼下的公猫又出现了，原来它还没死。

它躺在一团棉被上，敞开肚皮，睡得四脚朝天，一副全无烦恼的样子。

那是聂莫黎的被子。

她想趁着外面阳光充足拿出来晒一晒，想不到竟便宜了这短腿东西。

聂莫黎真的很想挖个坑把它埋了……

橘色的大猫像是意识到了危险,"腾"地支棱起来,然后跑到了一边去。聂莫黎回头,看到一个男生正蹲在草地边上,上下摇动着猫粮袋子。橘猫高高竖起尾巴,绕着男生蹭来蹭去。

一个是为了一点儿吃的便向人类撒娇卖萌摇尾乞怜的畜生,一个是在畜生身上寻求心理满足感的矫情男人。聂莫黎站在一旁观察半晌,完全没办法共情他们的乐趣。她低头,捡起被子,上面被那只猫踩的都是梅花印子。

寝室里的女生大多很喜欢猫,即便因为条件有限没办法饲养活宠,她们也会在床头摆放许多猫咪形状的东西。邻床的女生有一个抱枕,是猫爪形状的,她常常一边抱着它一边和爸妈打视频。抱枕是软的,女生的声音是娇滴滴的,那声音钻进聂莫黎的耳朵里,跟个电钻似的。聂莫黎听得心烦,就找机会偷偷毁了那个抱枕。

那个女生委屈地干号了一整天。

后来,女生的床上又多了一个一模一样的抱枕,听说是她爸妈特意买了邮寄过来的。

一个抱枕而已,竟然还值得她那远在千里之外的父母浪费这样的力气?那如果有人告诉他们说他们的孩子冲撞了六葬菩萨，得早些杀掉才能解了晦气，他们又是否愿意将襁褓中的婴孩丢进城隍庙里？

"聂同学？同学？聂莫黎？"

有人在叫她的名字。

聂莫黎回过头，看到那个喂猫的男生正挥舞着猫粮袋子在向自己招手。

这傻子先前逗猫好像也是用的这个动作。

她蹙眉，觉得这张阳光灿烂的脸自己好像在哪儿见过。

男生站起身子，跑过来。他身上的猫粮袋子发出晃动时哗啦啦的声响，就像獒铃村的树林在白日里面起了风，树叶飘落铺满林间小路的模样，其实也还挺好看的。

聂莫黎恍然想起，这是自己那天在走廊拐角处撞到过的男生。

他好像是叫宋弘致。

她对他没有太多的印象，只隐约记得……他是个男生。

对聂莫黎来说，能记住姓名和性别其实已经是一件很不容易的事情了。毕竟在相处一年后，她时常还会摸不准自己的室友们都叫什么。若不是宋弘致碰瓷自己后还伸手来抓自己手腕的操作实在太过离谱，她应该也记不住他姓甚名谁。

眼见这人就要走到自己面前了，聂莫黎怕麻烦，抱着被子转身就准备钻回寝室楼。

宋弘致完全看不懂眼色,像雏鸡追随着老母鸡,亦步亦趋。

他一边追,还不忘一边喊着"聂莫黎"的名字。

所有人都在往这边看,聂莫黎恨不能用宋弘致手里的猫粮直接塞住他的嘴。

她停下,回头,耐着性子冷着脸:"什么事?"

"没事。"他笑得像一朵正好到了盛开时节的向日葵,"我就是看到你了,想和你打个招呼。"

聂莫黎缓缓道:"我也挺想和你打个招呼。"

比如,一个巴掌直接打肿对方的脸。

宋弘致完全没能从聂莫黎那张没有任何表情的脸上读出她有任何不快的情绪,他低头,看到聂莫黎怀里那团被猫踩得都是梅花印的被子:"被橘子踩脏的?我帮你洗吧……你没生气吗?你也喜欢猫吗?"

你哪只眼睛看到我没生气了?

你哪只眼睛看出来我喜欢猫了?

聂莫黎嘴角抽动,不想再和眼前这个男生有任何对话。

她觉得命运这种东西是很不公平的,自己不但幼时要被抛弃在城隍庙,如今长大了,认识的人脑子也大多是不正常的——每天寻死觅活。崴个脚脖子就觉得是遭了天谴,准备

240

躺进棺材等死的婆婆；神神道道靠坑蒙拐骗维持基本开销，坚信六葬菩萨能帮助自己长生不老的师父；每天都要搂着抱枕娇滴滴和爸爸妈妈打电话，吵得自己头疼的室友……

现下又来了这么一位看起来脑子就有些问题的自来熟，聂莫黎在心底冷笑一声，她学心理学有什么用？心理学哪里救得了神经病？

三

聂莫黎梦到了汤婆婆。

她们一同生活在丛林深处的小木屋里，没有水，也没通电。她得依靠微弱的烛火照明，得趁着夏日天热去林子后面的小溪洗漱。她年幼的世界里，便只有汤婆婆和木屋那四方天地。

婆婆其实对她挺好的。

她会给她讲睡前故事，什么六葬菩萨，因果循环，报应不爽……还有她提前二十年便准备好的装老衣裳。

讲着讲着，聂莫黎的睡意便全都消失不见了。

她瞪圆了眼睛，只觉那晃动的烛火像是随时能召唤出许多可怕的玩意儿。

聂莫黎的黑眼圈自幼便重，这些睡前故事自然是功不可没的。

有一次，她迷路了，往外走得远些。于是，她瞧见了荚铃村。

那里亮着灯，一户挨着一户。袅袅炊烟升起，在斜了夕阳的半空中缠绵。带着饭菜香气的烟渐渐化作了飘浮的雾，然后四下散去。有人炒了肉，有人炖了鸡，有孩童拿着手里的风车，在院子里面跑来跑去。

那个女孩的年纪应该和自己差不多大，她扎着小辫子，穿着花裙子，拎着纸风车在院子里面捉蛐蛐。她抬头，或许是因为捉到了草丛里的那些笨东西，所以笑得格外灿烂。

她生了一张和自己一模一样的脸。

她们看到了彼此，于是齐齐愣了神，像是自己的影子突然活过来一般。

聂莫黎正想上前一探究竟，便被汤婆婆捂着嘴巴给捞了回去。

"你不能去村里，你不能让他们发现你。"汤婆婆扯着聂莫黎的手腕，一面往回走，一面碎碎念，"若是被瞧见，你怕是活不长了。"

活不长了……

凭什么？既然生了，为何不养？既然已经呼吸到了这世间的空气，她又为何要早早去死呢？聂莫黎越想越气，她抓紧被子，毫无血色的手背上血管清晰可见。

等一下，自己为何要抓紧被子？自己不是去上课了吗？

她挣扎着睁开眼，入目的是一片白……这里好像是校医院的天花板？

"你醒了？"有人靠在床边问她，"听说你正往教室走呢，突然就晕过去了。医生说你是低血糖，你以前知道你有低血糖的问题吗？如果知道的话口袋里面为什么不准备两颗糖呢？我这儿有，分你点儿，别客气，就当是橘子踩脏了你被子的赔偿。"

应该是因为最近没什么胃口，连续三天没怎么吃东西，身体果然是撑不住的。

男生的声音还在继续："你得按时吃饭，好好休息。今天倒在了学校，有人送你来校医院。如果晕在马路上出了意外怎么办？"

哪里来的话痨？

而且……这话痨的声音为何如此耳熟？

聂莫黎侧眼看去，发现宋弘致正坐在床边。他在削苹果，一整条没断的苹果皮一路耷拉到地面。聂莫黎不想理他，所以扭头又闭上了眼。

"要吃苹果吗？"

永远不能指望宋弘致能看得懂眼色，就像不能指望狗子明白同一屋檐下生活的猫为什么那么讨厌自己。

宋弘致往前凑了凑："我看你要醒了，特意给你削的。"

"不吃。"聂莫黎闭着眼道。

宋弘致还没放弃："不喜欢苹果？那橘子呢？香蕉呢？要不要来一口西瓜？"

聂莫黎巴不得对方是个哑巴，或者自己是个聋子。

她睁开眼，坐起来，不知是因为气得上头还是刚醒过来脑袋机能没有跟上，她只觉自己头晕得厉害。她用手指撑着太阳穴："你在这里做什么？"

"给你削苹果啊。"

聂莫黎伸手拿过那刚刚削好的苹果，面无表情地将它扔了出去。

她唯一的朋友是小时候汤婆婆缝给自己的布偶娃娃，除此以外，再没有长期交往的同龄人形事物了。聂小姐不擅长与人交好，但十分擅长拒人于千里之外。比如这个苹果，她就丢出去好远。但凡是个心智健全的人，就不可能继续上杆子来用热脸贴她的冷屁股。

人嘛，大多都是要些脸皮的。

聂莫黎做梦也没想到，自己将苹果丢出去的刹那，宋弘致竟是一个弹射起步，直接将苹果捞进了手里，顺便教育她:"我能理解你挑食,但是我不能理解你浪费食物。"

聂莫黎盯着他,呆怔良久后咬牙吐出"脑子有病"四个字后,便重新躺了回去。

他说他的,她睡她的。话痨又如何?唐僧的话痨之所以对孙悟空有杀伤力是因为紧箍咒,她身上又没有那玩意儿,怕什么?难道还有人能被活活烦死吗?

"是你室友送你来的,她们看起来还挺着急的。"

"你喜欢猫吗?喜欢橘子吗?就是那个踩了你被子的猫,我想收养它,但又不太方便。只能每天去喂,我保证我是科学喂养,已经带它去绝育了。"

即便没人回应,他也能自顾自地说下去。

他脑回路清奇,想起什么便说些什么。有些聂莫黎听得懂,有些聂莫黎完全不知道他在讲些什么。她实在是烦得很,又怕破口大骂会让他觉得自己得到了回应,反倒变本加厉。

其实她可以起床离开的,毕竟是低血糖,又不是行动不便了……

可宋弘致的声音听得久了,反倒多了些助眠的效果。

医生进来了。

退休返聘进校园的老教授扶了扶老花镜,他看向宋弘致,蹙眉道:"你不在床上好好歇着,下床做什么?"

245

这位原来也是个有病的。

她终于有了些许兴趣，抬起头来问他："你哪病了？脑子吗？"

"心脏病。"他倒是难得的话少。

聂莫黎没再追问。

心脏有什么病？难不成是病理性的缺心眼吗？

四

聂莫黎是曾想过要和命运和解的，为此，她还特意在报考时选择了心理学专业。

大学的生活不似初高中那样乏味，努力丰富课余生活的人多，刻苦学习的人少。聂莫黎便是那少数刻苦的学生，她常年待在图书馆，几乎借遍了学校里每一本有关心理学的书籍。她试图直视内心，接纳命运，开启崭新人生。可无论她的考试成绩如何高，她的梦境永远都会出现聂莫琪一家三口的身影。

假期，她回去看望汤婆婆。

婆婆应该很高兴她回来，特意做了一大桌子的菜。

木屋里，能够照明的依旧只有那小小烛台。

蜡烛也好，点灯也罢，聂莫黎觉得都是不够亮的。就像她的人生，因为不会有春日，所以永远嗅不到鸟语花香。

有人来敲门。

婆婆去开门，迎进来一个穿了道袍的奇怪老人。

"师妹啊，好久不见。"

"师兄啊，我巴不得咱们这辈子都不见。"

同门师兄妹二人久别重逢，场面甚是感人。一个拼了命地想要往屋子里面钻，一个咬牙切齿想要把人往外面赶。聂莫黎没理他们，依旧低头吃饭。

"师妹，我新接了一个活计，自己忙不过来，你得帮我。"

"我早就不干那些阴损之事了，我劝你也早日收手。免得以后天打雷劈，不得好死。"婆婆拒绝得很是直白，"我没几年好活了，我就只想消停过日子。"

随后，老头看见了聂莫黎。

然后，他就开始啧啧称奇。

"瞧这女娃，怕是与我有缘。"难为他一把年纪还能推开汤婆婆一个箭步冲进来，"女娃娃，说说你的生辰八字，让贫道好好算一算。"

在这网络诈骗横行的时代里，难得有一位他这样上门行骗的勤劳人。聂莫黎面无表情地将杯子里的水泼了过去："你挡到光了。"

老头没生气，甚至很兴奋。

他说:"很好,咱们的确是有缘的。"

后来,聂莫黎就拜师了。

她也说不清这老头的来历,她甚至不知道老头的名字,她只知道他对自己说过一句话:"你想得到什么结果,为师都能帮你。"

那一瞬间,聂莫黎终于知道该如何与自己和解了——只要遵照内心想法便好,她想复仇,她见不得那一家三口生活在阳光之下。她想让他们尝尝自己的苦,她想让他们万劫不复。等到那时,她应该就能知道开心时应该怎样笑了。

五

"你也是自幼便被爸爸妈妈抛弃了?"说这话时,宋弘致在笑,就像是刚刚中了彩票,"真巧,我也是。"

聂莫黎理解不了宋弘致的脑回路,就像她永远也不会理解为何师父那般痴迷长生不老。

人活着便已经很累了,为何还想活那么久呢?

她抬头,认真看着宋弘致,慢悠悠道:"如果我生了一个缺心眼的孩子,我也会把他丢进垃圾桶里的。"

聂莫黎伤敌一千,自损八百。

往宋弘致的心口窝里捅了刀子后,聂莫黎竟也觉得心里有些不是滋味。她突然有些心虚，下意识垂下头去。

宋弘致慢悠悠道："我没被扔进垃圾桶。"

"什么？"聂莫黎以为自己听错了。

"我不是被扔进了垃圾桶，我是被送进了福利院。"

聂莫黎忍不住挑眉嘲讽："送进？"

宋弘致干咳一声，别扭道："福利院的阿姨说我是在福利院的大门口被发现的。"

聂莫黎撑着下巴，懒洋洋打了个呵欠："不恨他们？"

"我这病就是个麻烦，也许他们只是想找到有能力的人来收养我。"

"所以……"聂莫黎恶趣味地笑出声来，"有人收养你吗？"

显然是没有的。

聂莫黎甚至能凭空想象出宋弘致在福利院里等待被领养的画面：

预备领养人说："这孩子可真漂亮，我们可以成为他的爸爸妈妈吗？"

院长回道："这孩子的确是很好看，可惜，他先天心脏便有问题。"

预备领养人摇摇头："那真是遗憾。"

宋弘致就是福利院摆放在橱窗里的水晶娃娃，负责往店铺里面招揽客人。客人们为它的美貌推开店铺的门，然后带走更加结实的不锈钢制品。

这可真是一件值得嘲笑的事，可聂莫黎实在没办法趁机输出一波嘲讽。毕竟宋弘致是带着"活下去"的祝福被抛弃在福利院的，可她呢？当她被抛弃在城隍庙的瞬间，便代表着所有亲人都希望她可以快速死去。

她问宋弘致："如果杀掉爸妈就能换回你健康的身体，你愿意吗？"

这话，她也是在问自己。

杀掉那一家三口，自己就能活在阳光之下，如此划算的事情她又是否真的可以做到手脚麻利？

宋弘致没有直接给出"是"或"不是"的回答，他只是笑着反问："怎么杀？我连他们是谁都不知道。"

聂莫黎瞳孔微颤，虽说脸上仍旧没什么表情，可她觉得自己身上的每一个毛孔都跟着兴奋起来："所以，你是恨他们的，你也是想过要杀掉他们的。"

这就好像他们并排在街上走着，一并掉入了被偷了井盖的下水道里。井底满是泥泞，牢牢攥住了他们的脚。越是挣扎，便陷得越深。眼见便要被污泥彻底吞没时，他们突然发现井底还有一个人。于是，两个人不谋而合将那人踩在脚底当成台阶，爬了上去。他们一起做了见不得人的事，从此，便有了相同的秘密。

那一瞬间，聂莫黎感觉自己与宋弘致变得亲近了些许。

她听宋弘致很是认真地说道："可我现在已经不恨他们了……"

聂莫黎颤抖的瞳孔瞬间平静。

她反问："然后呢？"

"至少他们生下了我，让我有机会感受风吹日晒，鸟语花香，所以我还是要感谢他们的。"

聂莫黎翻了翻眼皮，冷哼道："你脑子果然有病。"

"我是心脏有病。"

"你哪儿都有病。"

六

自打拜师后，聂莫黎再没有见过汤婆婆。

婆婆讨厌她师兄，应该也跟着讨厌自己了吧。这倒也算不上什么大事，毕竟她也懒得在意旁人的想法。她只是最近突然想起了汤婆婆，她需要找到一个还算亲近的人，好好地问一问，为何最近自己的心总是静不下来。

也许是因为宋弘致太吵了吧……

聂莫黎虽然对那些追求者们没什么兴趣，但这并不代表她是完全拒绝爱情的。她需要一份长相上佳、头脑优秀的优良基因，需要一个没爹没娘没亲戚的家庭。她需要这个男人有钱，需要他命短。显然，话多并不会成为男人的加分项，即便宋弘致除了有钱外都很符合聂小姐的择偶观。

她很烦。

她觉得无论在哪里偶遇都要和自己打招呼，自作主张凑过来的宋弘致真的很烦。

她停下脚步，回头看向一直追着自己走在身后的宋弘致，嘲讽道："你天天跟着我，是喜欢我吗？"

"没有，当然不是。"宋弘致否定了，瞧他那表情，像是受到了天大的冤枉。他连连摆手，坦然笑道，"我怎么可能会喜欢你呢？"

明明得到了让自己很是满意的回答，可聂莫黎就是觉得心情很不舒畅。

"是吗？那可真是太好了。"冷笑着留下这句话后，聂莫黎转身继续往图书馆的方向走去。

宋弘致依旧跟在她身后。

聂莫黎停下，压着满腹火气问道："为什么一直跟着我？你是流浪狗吗？想认我做主人吗？"

"你不是要去图书馆吗？我也要去，顺路就一起走嘛。"

宋弘致就像被设定了特殊程序、永远不会接收负面情绪的人工智能。无论聂莫黎嘲讽的话多么难听，都能被他自动过滤成和谐友爱的意思。然后，他还很认真地解释道："我得强调一下，我没跟着你，我只是想和你一起走。"

聂莫黎咬牙："所以你为什么要和我一起走？"

"因为我们是朋友嘛。"

什么时候就成朋友了？

若继续揪着这件事探讨下去，宋弘致那本就说不完的话只怕会更加没完没了的。聂莫黎实在是惹不起，所以干脆选择闭嘴无视。她得承认，宋弘致和他的碎嘴子占据了她大脑里大半的思考空间。现在的聂莫黎早已无暇思考其他事，就连她的复仇大计都被搁置了，师父他老人家还为此催促过几次。

聂莫黎伸出手指戳了戳太阳穴，头疼，跟咖啡因过敏了似的。

算了吧，所有事情都暂且延后吧，等她封住这位"朋友"的嘴，再将一切从长计议。

身后的聒噪声停下了，她下意识回过头，发现宋弘致脸色惨白地侧身晕倒在地，像是死了……

他死不死又和自己有什么关系呢？

聂莫黎心里本该是这样想的，可她依旧替宋弘致拨通了医院的求救电话。她将他翻过来，不间断地为他做心肺复苏。她觉得她是不在意他是生是死的，她觉得自己是不着急的，可她的动作却是越来越快，直到手臂又酸又麻也没有停下。

后来，宋弘致被送去了医院，聂莫黎没有去看他。

她偶尔会从同学口中听到宋弘致的消息，他们组织着集体去慰问，她也没有去参加。

七

聂莫黎带着师父去了医院。

隔着病房的门，她问师父："你能不能救活他？"

老头子一脸过来人的坏笑："你的心上人？"

"不是。"

"凭他是谁，都活不了了。"师父说了实话，"他寿数尽了。"

聂莫黎蹙眉："你的寿数不是也快要尽了吗？也没见你觉得自己活不下去了。你不是会什么夺寿之法吗？聂莫琪的命，你们一人一半不够分吗？"

师父摇了摇头："生辰八字对得上才行，他是个孤儿，上哪儿知道他的生辰八字去？"

聂莫黎没再坚持，沉默良久。

"罢了，你回去吧。"

"你不走?"

"我还有事,等一下再回。"说完这话,聂莫黎便没了声音。假道士没办法,只得独自离开。

聂莫黎又往病房里看了一眼,犹豫再三,到底没有进去。

她也准备离开了。

"莫黎?"

走到走廊拐角处,她听到有人在叫自己。她回头,看到了一身病号服的宋弘致。他脸色不好,从一朵热情洋溢的向日葵变成了被霜打过的向日葵,他笑道:"真的是你……我就说,你肯定会来看我的。"

"我没有,只是路过。"

宋弘致笑了笑,没再继续这个话题。他问道:"刚刚和你在一起的那个人像个骗子,你记得离他远些。"

聂莫黎哂笑:"怎么看出来的?"

"那么奇怪的装扮,一看就是骗子。"

聂莫黎将头发拢到耳后:"他说他能给人续命,让人长生。"

"哦,那他肯定是个骗子!"

聂莫黎也觉得师父是个因为渴望长生所以连自己都骗了的骗子,可此时此刻,她却巴不得师父是有些"真本事"的。

聂莫黎歪头问他:"你想活下去吗?"

"随缘就好。"宋弘致摸了摸有些干涸的下嘴唇,转而笑道,"其实我还挺希望自己能多活几年的。"

八

宋弘致没能熬过那个秋天。

他的生命似枯叶一般,循着规律,自然而然走向了终点。

他生前与聂莫黎说的最后一句话是"谢谢你来看我",聂莫黎对他说的最后一句则是"死后千万别继续缠着我"。

他倒是听话,一次也没有走进聂莫黎的梦。

宋弘致是孤儿,葬礼自然没有家属为他大操大办。简简单单地火化后,他的骨灰被装进骨灰盒,停在了殡仪馆。

聂莫黎用跟着师父在殡葬铺子赚来的钱给宋弘致买了墓地、刻了墓碑,墓碑上写着他的名字,下面还有一排小字——希望这只流浪狗可以找到自己的家。

她没哭,甚至没有表现出悲伤的态度。

没人在自己耳边聒噪了,这难道不是一件大好事吗?

聂莫黎去看宋弘致照顾的流浪猫,有其他同学在喂,它们过得很好。那只叫橘子的还特意来蹭蹭她,难道是觉得她身上有宋弘致的味道?

生活依旧是按部就班。

好像有什么变了,又好像什么都没变。

她忙着学习，写论文，做课题。忙忙活活地毕了业，却又不知是否应该从事心理相关的工作。

师父来问她："不想复仇了吗？"

"想啊……"

"心软了？"

"怎么可能？"

师父似笑非笑地给了她一个地址："去看看吧，你梦寐以求的生活都在这里。"

聂莫黎拿着地址找过去，她看到了聂莫琪。

那个和自己长得一模一样的女生穿着白色的连衣裙，独自站在阳光下。她像是在等什么人，连着看了很多次的手机。终于，她等的人来了，一个长相清秀的男生，正一边挥着手一边向她跑来："等很久了吗？"

"超级久。"听她的声音，不是在责备，应该是撒娇，"头顶已经开始长蘑菇了。"

"那晚上我们去吃火锅吧，菌汤锅底。"

聂莫琪说"好"，然后，她上前挽住了男生的手臂。

她为何可以像这样没有任何心理障碍地笑？

她为何可以如此轻易地便寻到心爱之人，然后与他亲昵至此？

自己却为何像一直被困在阴沟里的蛆虫，死命挣扎，也见不到太阳。而宋弘致只是想要活下去，现在却化作一捧灰，被深埋地底。

命运确实强硬又不公。

可难道自己就要认命不成？

师父从身后走来，在聂莫黎身后用沙哑的声音缓缓说道："那是原本属于你的生活。"

"聂莫黎已经死了，那是属于聂莫琪的生活。"她回过头，露出与聂莫琪极为相似的笑意，"从此以后，我便是聂莫琪。"

莫琪日记

7月6日

今天我第一次见到了宁子服。

他是我还没出生时,爸妈就已经给我"准备"好了的男朋友——指腹为婚这种事虽然听起来就很扯,但因为我从小到大男生缘就不太好,所以爸妈反倒觉得他们是提早下手给我指出了一段天注定的缘分。

我明明还是需要好好学习、天天向上的年纪,也不知道他们在急些什么。

反对包办婚姻,从我做起!

不过宁子服蹲在桥上看鱼、头发丝被静电折磨得乱糟糟的样子还挺有意思的,指腹为婚嘛,也不是一定非要反对不可……

7月21日

今天宁子服来找我"维系友谊"。

我们去吃了饭,逛了街,看了电影。

这和友谊有什么关系?这不就是约会三件套吗?而且是最老土的那种!

我等着宁子服和我表白,可他在将脸涨得通红后突然转移了话题。

我宣布,"天快黑了,我送你回家吧",是这个世界上听起来最让人头疼的话!

8月2日

今天是个值得纪念的日子,因为我脱单了。

我终于等到了宁子服的表白,我没矜持,很快答应了。

毕竟他脸皮薄,我怕拒绝第一次,他就忘了其实还是可以二次表白的。

宁子服送给我一个镯子当礼物,他说,那是他妈妈留给他,送给宁家未来媳妇儿的。

虽然我刚刚有一瞬间觉得送镯子这个行为有些……嗯,

就是不太贴合我的心意，但是现在，我觉得这镯子过于有意义了。

话说交往第一天就送传家宝，是不是进展太快了些?

8月13日

我去宁子服家里做客了。

他家收拾得很干净，独居男生的家里，似乎很少有这样干净的。

回去和朋友们聊天，她们劝我小心些。毕竟有很多人说过，独居时表现得太过干净的男生取向和心理都很容易出问题。我觉得宁子服应该不是，他应该只是单纯的洁癖。

8月17日

我今天发现宁子服并不是洁癖。

我和朋友都误会他了……

他只是那天得知我要来，特意提前请了保洁。今天我临时起意想要过去，隐约觉得他的房间看起来不像上一次那样不食人间烟火了。我想帮忙泡咖啡，就打开了厨房柜子……里面乱糟糟掉出来好多东西，什么穿过之后没来得及洗的T恤衫，吃剩下一半的薯片袋子，还有一盒盖都没拧紧的咖啡豆。

他试图解释。

磕磕巴巴说了半天之后，他索性坦白了："你说你要来，我来不及收拾，就把外面堆着的东西都塞进柜子里了。"

我笑得前仰后合，他脸红成了西瓜瓤。

于是，我笑得更开心了。

我宣布，今天的我，相当快乐。

8月23日

我拉着宁子服看我从前不敢一个人看的恐怖片。

为了氛围考虑，我拉上窗帘关了灯。但因为害怕，我整个人几乎都挂在了宁子服的胳膊上。

他安慰我，"别怕，我在呢"，多靠谱的言论啊，然后半个小时不到他就睡着了……

电视机里吱哇乱叫的，且不说恐不恐怖，单单是这音量，他就不该能睡得着啊？我有些无语，只顾盯着宁子服，也跟着无视了电视里的内容。

后来，我们都睡着了。

今天的恐怖电影看得很失败，下一次，一定先把咖啡准备好！

9月2日

我和宁子服在一起一个月了。

朋友问我准备如何过这"相恋一个月"的纪念日……

对不起,我第一次知道原来在一起一个月竟然是个纪念日!

我什么都没准备,就去见了宁子服。然后,我收到了宁子服送的花,很大一捧向日葵,里面配了玫瑰点缀。我还收到了宁子服送的项链、玩偶,还有一件他觉得巨美但我实在有些夸不出口的裙子。

我很感动,也很心虚,因为我什么都没有准备。

我急中生智,把手里吃剩下的爆米花送给了他。我说,爆米花也是花,花语是"喜欢彼此一辈子"。

他信了……

现在已经是深夜十二点了,我依旧因为心虚睡不着。

我再也不想吃爆米花了。

9月3日

我向宁子服检讨了错误。

他说他当然知道那桶爆米花是我吃剩下的,但因为我说了"喜欢彼此一辈子",所以他觉得那半桶爆米花是他收到过的最浪漫的礼物。

以前怎么没发现这个人这么肉麻?

为了重过我们的纪念日,我去给他挑了一瓶香水。他为了表达对礼物的喜欢,喷了里三层外三层,我被熏得头疼,被路人窃窃私语围观时我更头疼。

我试图把香水偷走毁掉,但他看得太严,我完全没有机会。

算了,他开心就好。

恋爱纪念日这种东西,不就是为了让人开心的吗?

9月17日

宁子服今天来找我,我们一起靠在沙发上为晚上吃什么发愁。

在火锅、烧烤、烤肉、西餐等杂七杂八大鱼大肉的提案都被否决后,我们一致决定自己在家做点儿清淡的。

因为是在我家,所以我觉得自己应该尽一下地主之谊,主动展现一下自己的厨艺……虽然我不会做饭,但只要跟着菜谱学习,至少能熟。

可惜，我高估自己了。

除了从小就会做的豆饼以外，桌子上其他菜品都是宁子服的手艺。我原本想怪我家锅不好用的，结果那个锅在他手里听话得不得了。我不得不坦然承认自己不会做饭的事实，他说，"你会叫外卖就挺好的，至少饿不死"。

我谢谢他！

10月1日

放假了。

我和宁子服原本准备出去旅行，可惜外面人多得像下饺子似的，我们都不太爱热闹，所以很是默契地放弃了这个原本也没有太过上心的计划。

旅行嘛，无非是找一个山清水秀、鸟语花香的地方，然后欣赏一番自然风光。这样的地方其实有很多，不一定非要去凑那些景点的热闹。

于是，我们选择回了奘铃村。

山清水秀，鸟叫虫鸣，虽然夜里阴森森的，但好歹也是我长大的地方。我原想着带宁子服去城隍庙之类的地方逛一逛，让他体验一下奘铃村的历史和文化底蕴。可惜我爸妈不舍得放我们出门，家里的鸡鸭鹅也都惨兮兮地提前进了铁锅。

爸妈还特意做了豆饼。

虽说步骤材料都一样，可我还是觉得他们做出来的比我做的要好吃很多。

也许，这就是家的味道。

10月3日

我和宁子服回城里了。

城隍庙也好，六葬菩萨的庙也罢，我们都没去上。

宁子服从来不信这些，所以完全不觉得遗憾。我也不信，我就是想起自己小时候爬到香案上给六葬菩萨画鬼脸，还挺有意思的。

虽然后来我被爸妈一起拎着扫帚足足追了三条街。

村里人看到了，原本还在劝架。得知我做了什么后，他们都觉得爸妈下手太轻了。

从那时起，我就更讨厌六葬菩萨了。

早晚我要毁了它那个破雕像！

1月1日

元旦，新的一年。

这次我没忘记给宁子服准备礼物。

除了衬衫、乐高、钥匙扣外，我还特意给他送了花，栀子花，花语是"永恒的爱"。

宁子服说他要研究把这种代表"永恒"的花做成永生花。

倒也不必……

我觉得这位兄弟有些恋爱脑，我生怕自己哪天把他卖了他还得替我数钱。于是，我特意叮嘱他：如果以后我给你买大额意外险且受益人是我，你千万别答应。

宁子服表示不用买保险，他家底很厚，以后这些全都是我的。

我很无语。

我……算了，其实还挺感动的。

5月19日

今天，我和宁子服还有其他几位朋友一起去玩了密室逃脱。

我想玩那种温和一点儿、适合修身养性的密室，可是朋友却坚决要玩恐怖的。

来都来了，确实得有些恐怖氛围才更应景。

进门前，大家都很兴奋。

进门后，大家的尖叫声比NPC（非玩家角色）吓人多了。

我以为她是因为胆子大才选择恐怖的，原来她只是又尿又爱玩。感谢朋友的衬托，我淡定得像个勇士。当然，我完全比不上宁子服，他甚至可以气定神闲地和NPC打招呼。

NPC险些被他搞得丧失了工作的热情。

进入新房间的时候，一个NPC突然跳出来，吓得所有人都跑去了另外一个房间。宁子服没走，我就壮着胆子也没跑。

我颤抖着说，咱们两个有福同享有难同当。

我感觉我当时应该是被吓傻了，所以表现出来的状态也很傻。

但是宁子服没有嘲笑我，他特别认真地拉着我的手说：行，那你保护我。

××月××日

这篇日记不是今天的事。

我经历了人生最大的变故——爸妈突然病逝了。

这实在太过突然，我至今无法接受这既成事实的悲痛。

这几日浑浑噩噩，我甚至有些想不起自己具体都经历了什么。我只是隐约记得，那天，老家的邻居给我拨了电话，说爸妈都在医院，想见我最后一面。我急得仿佛失了主心骨，好在还有宁子服。他请假陪我去了医院，然后又陪我忙前忙后，准备爸妈的葬礼。

最后一面便真的是最后一面，自此以后，再也不能见。

我很后悔自己没有留在獒铃村多陪陪他们。

宁子服说，爸妈不会希望我一辈子被困在獒铃村，我不必后悔"走出来"的选择。

人生终归得继续向前看。

爸妈，请安息，我一定会照顾好自己。

3月4日

爸妈离世后，我就再也没有写过日记。

今天把日记本拿出来，是因为遇见了奇怪的事。我想记下来，如果我真的出了意外，警察也能有些线索——最近，我总觉得自己被人跟踪了。

那是一个和我长得几乎一模一样的女人，她面无表情地盯着我。可当我想要去询问她的身份时，对方很快便又消失不见了。

她究竟是谁？真的有这个人的存在吗？难不成是最近太累，所以我出现了幻觉？

3月18日

我去看了精神科和心理科。

精神科医生表示我没有任何问题，应该是心理层面的事。

心理医生推测我可能是有心结，也许和爸妈的突然病逝有关。

宁子服请了长假，陪着我。

我觉得那个女人不是幻觉，可我实在拿不出她确实存在的证据。

小的时候，我好像也遇见过和我长得一模一样的女孩子……时间实在太过久远，我已经记不起具体的细节了。

4月12日

我的"病"应该是好了。

我已经很久没有看到过那个女人了，可我还是觉得不踏实。

此事暂且翻篇，因为今天有一件更值得我记录的事情——宁子服向我求婚了。

我们在一起五年，同居了两年，了解对方所有的优点和缺点。我们将彼此所有优缺点一股脑接受了、消化了，也没有生出厌烦。这样想想，我确实找到了适合相守一生的人。

感谢爸妈，我和宁子服会享受有彼此存在的生活，好好走完这一生的。

7月17日

虽说写在了日记本上，可这一篇应该算不上是日记。

我有很多事需要记录下来。

一、我有一个双胞胎姐姐，她叫聂莫黎。因为獒铃村一些封建迷信的传说，她自幼便被抛弃了。长大以后，她回来寻我和爸妈复仇。前些日子缠着我的那个女人，就是她。

二、我被孪生姐姐和一个怪老头绑架了，我被囚禁在地下室，还被毒哑了嗓子。聂莫黎想要顶替我生活在宁子服身边，所以我一直在找机会逃出去，我得救宁子服。

三、宁子服一直在救我，可惜他落入了聂莫黎的圈套，每走一步，都是遂了那师徒二人的心意。我看他一直处于半梦半醒的阶段，要么对着六葬菩萨的塑像发呆，要么就自己操控皮影咿咿呀呀直哼唧。他真的很像吃了路边有毒的野菌子，大概是有很多皮影人在他眼前跳舞吧。

四、最后，宁子服找到了我。

我们的婚礼还真是刺激！

7月23日

今天，我去精神病院看了聂莫黎。

我不知道她是真疯还是假疯，反正我说什么她都没有回应。

我不恨她，我也确实没什么立场去恨她。

如今想来，我对六葬菩萨的厌恶还真不是无缘无故的。不过只是一具由人类双手雕刻出来的木头塑像，甚至能被我轻而易举将脑袋拍掉。可还是哄得那么多人相信它，还是有那么多人借着这像的名义去践踏生命。

希望奘铃村人不再相信这糟心玩意儿。

希望奘铃村的双胞胎都可以平安长大。

8月16日

今天，是我和宁子服第二次结婚的日子，依旧还是选了先前那家中式酒店。

没了聂莫黎和怪老头在暗中使绊子，我们的婚礼正常至极。

虽然我们已经一起生活了两年，可结婚之后坐在婚床上还是彼此都红了脸。

我拉他的手，神秘兮兮地对他说：你知道吗？这是我第二次结婚了。

他佯装诧异，陪我演了下去：那你前夫是谁啊？

我说：他叫宁子服，是一个为了救我不顾自身安危、什么龙潭虎穴都敢闯的人。

奘铃村轶闻

爆料人：阿纸

导语：子所不语，怪力乱神，虚实真假，自在人心，仅供消遣，请勿细究。

一

①聂莫琪不喜欢奘铃村，却很喜欢老家邻居的孩子。那个孩子有一个拨浪鼓，声音和市面上的似乎不太一样。

②奘铃村的人信奉六葬菩萨，聂莫琪虽在此地长大，却对此风俗仅仅表示尊重祝福。

③聂莫琪的爸妈是一前一后因病去世的，据说，他们至死都不愿走出奘铃村。

④"听说奘铃村那地方奇怪得很，从来没有双胞胎能安稳活到成年。"——某意外路过的游客

⑤"奘铃村的信号特别不好，进去以后，手机就只是一

块可以发光的砖头。"——某不愿透露姓名的奘铃村女婿，他只说过他姓宁

⑥奘铃村一定是个很特别的村，因为他们的村民竟然不愿意聚在一起打麻将。

⑦葬老六牌迷药，内服上头，外用致幻，加大剂量，可让人原地躺平。觉得内服效果不够明显？外用效果大打折扣？没关系，可以内外兼服，效果翻倍。（听说该药使用方法的灵感来自猫咪驱虫药）

二

①听闻，奘铃村的村民从来不会在七月十五走出家门。

②只有土生土长的奘铃村人才能在死后被埋入祖坟，若是外来客，无论在村内生活多久，死后都只能被葬在后山。

③奘铃村风俗：坟场的墓碑要按照天干年份做出划分。（为什么这样做？阿纸目前尚未探明。）

④据不科学、不官方统计，六葬菩萨的香火从未断过。

⑤"莫琪那孩子自幼淘气，听说因为她，老聂家两口子把水井的辘轳头都给卸掉了。"——某位当年亲眼见证了的村民

⑥六葬菩萨是奘铃村的顶流，谁的家里会没有两本他的写真集呢？

⑦"奘铃村的人手应该都挺巧的，他们特别擅长做各种机关锁……他们很喜欢用一个机关锁的钥匙保护另外一个机关所的钥匙。"——宁子服实名吐槽

三

①"谁会把寿衣带在行李箱里啊……"——半夜睡不着爬起来骂街的宁子服

②聂莫黎天生就很擅长找人，这绝对不是拜师学来的技能，很难不让人怀疑她身上自带GPS（卫星定位）。

③听说曾经有人在婚礼上踹翻了火盆，引起了不小的火灾。后来，奘铃村的婚礼就再也不用真的火盆了。（阿纸小贴士：用红布装出来的火苗性价比更高哦。）

④"不听老人言，吃亏在眼前。现在的后生啊，七月十五满村子乱跑，让他回去他不听，也不知道现在死了没有。"——某被抢走拐杖后寸步难行的老太太

⑤莫琪房间的娃娃和她在襁褓里的样子很像，难道就是照着她的模样雕刻出来的？

⑥奘铃村似乎有自己的文字，土生土长的奘铃村人聂莫

琪表示她也有些认不全。

⑦"聂家的井底有秘密,可能是两口子秘密藏了值钱的东西,我经常看到他们三更半夜地爬下去。"——某位邻居

四

①聂莫黎的牌位前有一块长命锁,她曾经也是被期待长命百岁的孩子。

②宁家有一个祖传的手镯,据说拥有神秘的力量。

(很值钱算不算神秘的力量?)

③"要敬畏六葬菩萨?呵,我曾徒手拍掉过他的脑袋。"——某不愿透露姓名的聂姓小姐

④聂莫琪觉得宁子服说过最好听的情话是:如果有一天你消失了,我愿意去看无数条广告来获得寻找你的线索。

⑤如果电梯显示"B18",不要去医院挂眼科,更不要挂精神科。记得及时报修。

⑥"如果有道士装扮的老头说你最近遇见了不干净的东西,记得报警。"——来自宁子服的实名劝导

⑦阿纸提示:手机可以让你看到一些特别的东西。

五

①宁子服和聂莫琪居住的小区，物业服务非常好。保安很敬业，大门很安全，消防用的烟感报警器也都很灵敏。

②四楼老人的门铃很特殊，记不住按动顺序的宁子服觉得他不如直接换成声控，自己情愿去说"公主请开门"。

③"中式古风酒店，承办各种中式婚礼。在我们这里结婚的新人都很幸福，比如奘铃村姓聂的那位小姐，她甚至准备来我们这儿再结一次婚……没换老公，还是原来那个。"——趁机来打广告的某酒店经理

④因为无意中看到过几次聂莫黎，幼年期的聂莫琪险些以为自己具有可以分身的超能力。

⑤宁子服会写毛笔字。

⑥奘铃村村民做出来的灯笼又结实又明亮，宁子服觉得这技术可以拿去申遗。

⑦不要觉得在婚礼上穿红衣服的就是好人，也不要觉得在婚礼上穿白衣服的就很诡异。

六

①听说城隍庙的石像喜欢吃豆饼,如果它吃了豆饼还乱叫,那就加些糨糊粘住它的嘴。

②要遵守"禁止通行"指令的不只是人类。

③城隍庙后面有一扇门,没人进去过,看起来神秘得很。

④记得多熬一些糨糊,总会有用武之地的。

⑤听说聂莫琪与宁子服在度蜜月时去看了皮影戏,聂莫琪评价:没你演的有意思。

(宁子服:咱能不提这个事了吗?)

⑥"自打不尊重六葬菩萨后,我头不疼了腿不酸了,想来再多活个十多年应该不成问题。"——不愿透露姓名的神秘婆婆

⑦会抢老太太拐杖的孩子不一定是熊孩子,他也可能是个纸孩子。

七

①"不要相信那些殡葬用品商店搞出来的副业,尤其是说能让人长生不老的。那玩意儿要是真的靠谱,他主业的纸

扎和寿衣可就都卖不出去了。"——聂莫琪实名宣传

②"假道士的地下室有一道特别复杂的锁,有多复杂?连他自己都记不住密码,还特意在周围留了提示。"——成功解出密码的宁子服觉得自己是个天才

③假道士的殡葬用品商店又脏又乱,宁子服希望他从精神病院被放出来以后,可以做一个讲卫生懂礼貌的优秀老人。

④宁子服对聂莫琪是一见钟情。其实,聂莫琪对宁子服也是。

⑤不要觉得那五颜六色的花圈是因为殡葬店的老板喜欢多巴胺,请记住它们的顺序。

⑥聂莫黎的择偶观:英俊、明聪、富裕、孤儿、命短。

⑦不要小看那些老旧款式的贴画,也许它们身上都藏有秘密。

图书在版编目（CIP）数据

纸嫁衣 / 婆娑果著. -- 北京：作家出版社，2024.8（2024.8重印）
ISBN 978-7-5212-2784-0

Ⅰ.①纸… Ⅱ.①婆… Ⅲ.①长篇小说 – 中国 – 当代 Ⅳ.①I247.5

中国国家版本馆CIP数据核字（2024）第078499号

纸嫁衣

作　　者：	婆娑果
责任编辑：	宋辰辰
装帧设计：	小贾设计
出版发行：	作家出版社有限公司
社　　址：	北京农展馆南里10号　　邮　编：100125
电话传真：	86-10-65067186（发行中心及邮购部）
	86-10-65004079（总编室）

E-mail:zuojia@zuojia.net.cn
http://www.zuojiachubanshe.com

印　　刷：	北京盛通印刷股份有限公司
成品尺寸：	142×210
字　　数：	150千
印　　张：	9
版　　次：	2024年8月第1版
印　　次：	2024年8月第2次印刷
ISBN	978-7-5212-2784-0
定　　价：	52.00元

作家版图书，版权所有，侵权必究。
作家版图书，印装错误可随时退换。